KB114239

내 손끝의 탑스타

내 손끝의 탑스타 18

박꼴 장편소설

초판 1쇄 찍은 날 § 2019년 3월 5일
초판 1쇄 펴낸 날 § 2019년 3월 12일

지은이 § 박꼴
펴낸이 § 서경석

총괄팀장 § 최하나
편집책임 § 김대용
디자인 § 신현아

펴낸곳 § 도서출판 청어람
등록번호 § 제387-1999-000006호
등록일자 § 1999. 5. 31
어람번호 § 제1-3006호

주소 § 경기도 부천시 부일로 483번길 40 서경B/D 3F (우) 14640
전화 § 032-656-4452 팩스 § 032-656-4453
http://www.chungeoram.com
E-mail § chungeorambook@daum.net

ISBN 979-11-04-91950-3 04810
ISBN 979-11-04-91513-0 (세트)

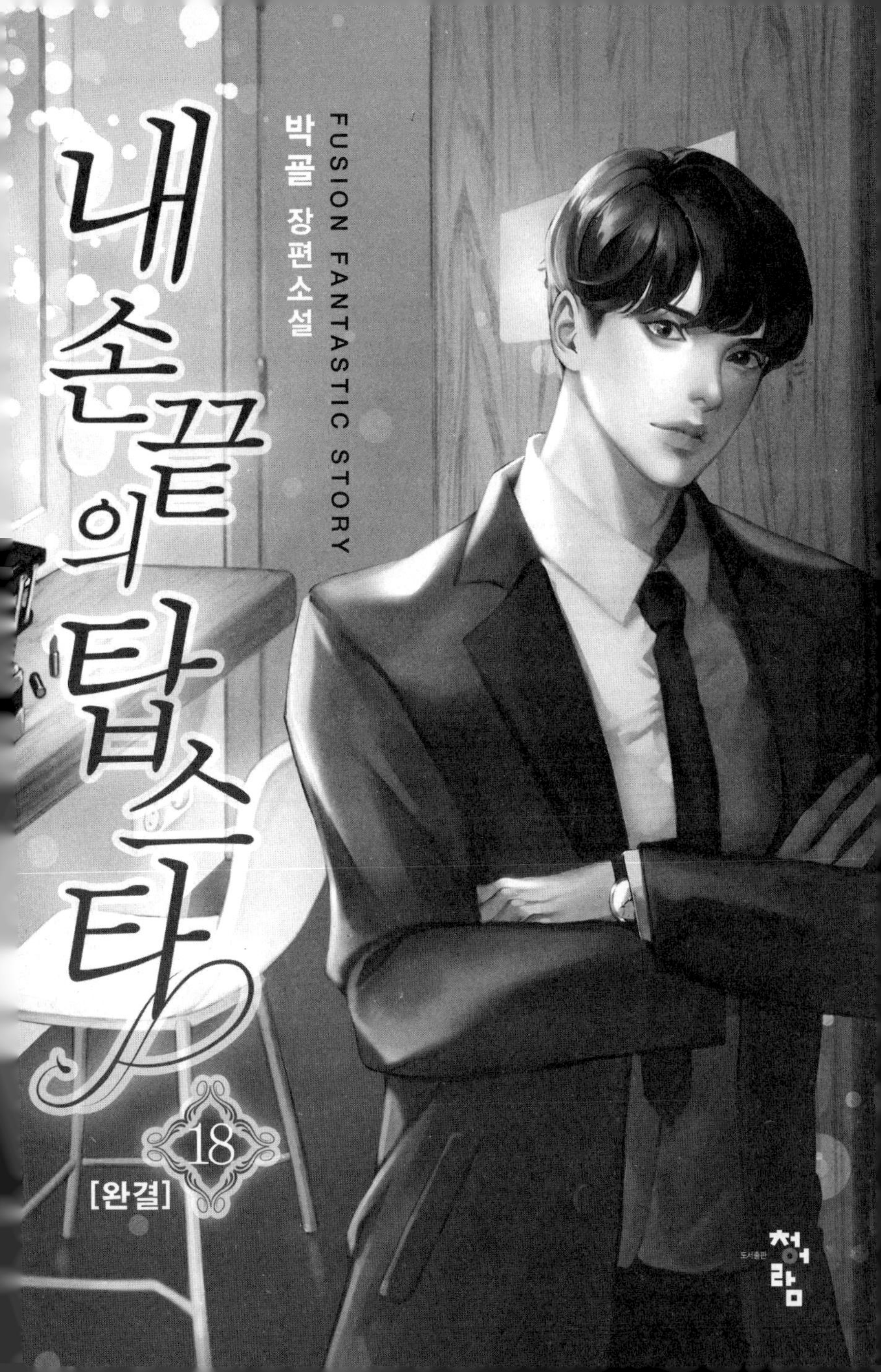
내 손끝의 탑스타
박골 장편소설
FUSION FANTASTIC STORY
18
[완결]
도서출판 청어람

Contents

1장   외전9 - 한국 편II ◆ *007*

2장   외전10 - 한국 편III ◆ *081*

3장   외전11 - 한국 편IV ◆ *169*

4장   외전12 - 한국 편V ◆ *233*

1장

외전9 ─ 한국 편II

  강남에 위치한 S&H 사옥에 여러 기획사의 차량들이 연이어 들어섰다.

  차량에서 내린 각 기획사의 관계자들이 서둘러 S&H 사옥 안으로 향했다.

  그런데 그들 모두 공통점이 있었다. 하나같이 표정들이 굳어 있다는 것이었다.

  연습을 위해 회사로 출근을 하던 걸즈파워 멤버들이 기획사 관계자들을 살펴보며 고개들을 갸웃거렸다.

  "저분은 JG 실장님 아니야? 어? JYB 본부장님도?"

"뭐야? 오늘 무슨 날?"

쌍둥이 자매인 Tia와 Sia 자매가 연이어 물었다.

걸즈파워의 리더인 Xena가 쌍둥이 자매를 쳐다보았다.

"잘은 모르겠지만, 소녀혁명 때문에 그럴 거야."

"아, 그 무서운 후배님들?"

"장난 아니더라? 나도 광화문 쇼 케이스 봤어. 진짜 멋있어."

쌍둥이 자매가 초롱초롱 눈동자를 빛냈다.

"너희들도 참."

아직도 철이 덜 든 자매를 보며 Xena가 짧게 한숨을 내쉬었다.

지금 대한민국 연예계가 발칵 뒤집혀 있었다.

어울림 엔터테인먼트에서 새롭게 내놓은 걸 그룹 '소녀혁명' 때문이었다.

지난주 토요일, 광화문 광장에서 쇼 케이스와 함께 데뷔를 한 '소녀혁명'은 말 그대로 혁명을 일으키고 있었다.

아직 정규 앨범이 출시도 되지 않았건만, 벌써 선주문으로 20만 장이 완판되었다는 소문도 돌고 있었다.

기존에 존재하던 걸 그룹이 가지고 있던 모든 것을 뛰어넘었다는 평가도 쏟아졌다.

그리고 그 배후엔 미국 할리우드에서 돌아온 현우가 존재했다.

"대표님은 잘 계시겠지?"

Xena가 혼잣말을 중얼거렸다.

몇 번밖에 마주치지 못했지만, 그때마다 건넨 현우의 따듯한 한마디, 한마디를 아직까지도 소중히 기억하고 있었다.

"이제 회장님이야, 제나야."

"잘 계실걸? 그런데 송지유 선배님이랑은 결혼 언제 하실까? 부럽다."

쌍둥이 자매가 각기 다른 말을 했다.

"나도 알아. 그냥 생각이 났어. 휴."

"왜 한숨을 쉬어?"

"제나야?"

쌍둥이 자매가 걱정을 했다.

"이사님이 잘 대처를 하셔야 할 텐데."

기획사 관계자들이 오늘 S&H를 찾아온 이유를 대충은 알 것 같았다.

그랬기에 Xena는 걱정이 되었다.

*　　　　　*　　　　　*

"거절하겠습니다."

일언지하에 거절을 했다.

S&H 본사 회의실의 분위기가 갑자기 싸해졌다.

그럼에도 이석우 이사는 회의실에 모인 기획사 관계자들의 눈빛을 피하지 않았다.

"이사님! 이러다 우리 전부 다 같이 말라 죽습니다!"

JG의 2인자이자 실장인 이민규가 버럭 소리를 질렀다. 다른 기획사 관계자들 역시 불만이 극에 달해 있었다.

이석우 이사가 깍지를 끼고는 조용히 입을 열었다.

"실장님, 제 귀에는 저희 S&H까지 같이 죽자는 소리로밖에는 안 들리는군요. 그렇지 않습니까?"

이석우 이사는 차분했다.

1년 전, '한국 매니지먼트 협회'가 창설되었다. 애초에 취지는 좋았다.

각 기획사들끼리 서로의 노하우를 공유하고 과도한 출혈 경쟁을 피하자는 것이 그 취지였다.

그런데 창설이 되고 나서 얼마 되지 않아, 분위기가 묘하게 흘러갔다.

4대 기획사에서 이제는 독보적인 존재가 되어버린 어울림 엔터테인먼트를 향해 화살을 돌리기 시작한 것이었다.

이석우 이사와 S&H는 그 무렵, '한국 매니지먼트 협회'와 거리를 두기 시작했다.

"이건 독점입니다! 독점! 그렇지 않습니까?"

JG 이민규 실장이 기획사 관계자들을 둘러보며 또 목소리를 높였다.

이석우 이사가 차분한 표정으로 고개를 저었다.

"독점이 아니라 인기입니다. 어울림 엔터테인먼트와 그 소속 가수들이 큰 인기를 끌고 있는 건 대중들이 그들을 원하고 있기 때문입니다."

"이사님!"

"어울림 엔터테인먼트 덕에 가요계를 비롯해서 한국 연예계가 크게 발전을 하고 있다는 사실은 모르시는 것 같습니다?"

이석우 이사의 말은 사실이었다.

당장 어울림의 '전국소녀'가 일본을 비롯해 아시아 전역에서 큰 인기를 끌며 덩달아 다른 아이돌 그룹들도 활동 범위가 넓어진 상태였다.

S&H의 걸즈파워도 동남아까지 활동 범위를 넓혔고, 다른 기획사들 역시 '전국소녀' 덕분에 낙수 효과를 톡톡히 받고 있었다.

그것뿐만이 아니었다.

어울림 간판스타인 송지유가 성공적으로 할리우드 진출을 이루었고, 이로 인해서 한국 출신 배우들이 할리우드의 문을 두드리고 있었다.

"인정합니다. 당장 저희 김세희 씨만 하더라도 미국 드라마에 비중 있는 역할로 캐스팅이 되었으니까요."

"저희도 마찬가지입니다. 저희 프리즘도 중국에서 인기가 많습니다. 어떻게 보면 어울림의 영향이 컸습니다."

플래시즈 엔터의 이기혁 실장과 코인 엔터의 백동원 팀장도 말을 보탰다.

이석우 이사가 두 사람을 보며 살짝 미소를 머금었다.

"자, 여기 산증인들이 계십니다. 어떻게들 생각하십니까?"

"……."

회의실에 침묵이 감돌았다.

플래시즈 엔터와 코인 엔터의 말들이 모두 사실이었기 때문이었다.

플래시즈의 김세희도 어울림 엔터의 주선으로 미국 드라마에 캐스팅이 되었다.

하지만 JG와 JYB 쪽 관계자들은 여전히 불만을 가지고 있었다.

어쩌면 당연했다. 한때 3대 기획사 불리며 대한민국 가요계를 주름잡고 있던 그들이었다.

어울림의 등장으로 인해 줄어든 밥그릇이 문제였다.

"후우."

이석우 이사가 한숨을 삼켰다.

초대형 기획사로 군림하던 S&H도 한때는 어울림과 전면전을 벌였던 적이 있었다.

참패를 겪었다.

하지만 결과론적으로 봤을 때는 그때의 참패로 인해 S&H 내부의 문제점을 고칠 수 있는 계기가 되었고, 매니지먼트에 대해서 다시 한번 생각해 보는 계기도 되었다.

상념에서 빠져나온 이석우 이사가 중소 기획사 관계자들을 둘러보았다.

"……"

이석우 이사의 표정의 좋지 못했다.

다른 중소 기획사들은 그저 거대 기획사인 JG와 JYB의 입김에 힘을 보태줄 도구에 불과하다는 것을 아직까지도 깨닫지 못하고 있는 현실이 안타까웠기 때문이다.

차라리 플래시즈나 코인처럼 어울림과 협력을 하며 빠른 성장을 이루는 편이 훨씬 현명한 판단이었다.

"그래서 결국 거절을 하시겠다는 겁니까?"

"예. 다시 한번 말씀드리겠지만 그 제안은 거절하겠습니다. 그리고 그 제안이 과연 실용성이 있을지가 의문입니다."

"이사님!"

JG 이민규 실장이 소리를 질렀지만 더 이상 말을 잇지는 못했다.

그들의 주장은 간단했다.

거대 기획사를 비롯해 중소 기획사들끼리 콜라보, 혹은 프로젝트 아이돌 그룹을 결성해 어울림에게 맞서자는 것이었다.

하지만 이석우 이사는 생각이 달랐다.

지난주에 어울림에서 새로 런칭한 '소녀혁명'은 이석우 이사가 보기에도 하나의 센세이션이었다.

비주얼과 실력, 스타성을 모두 갖춘 다섯 명의 멤버들도 무서웠지만, 어울림의 진정한 무기는 김현우 바로 그 자신이었다.

'김현우 회장은 분명 보여줄 게 더 남아 있어.'

어울림과의 전면전에서 느낀 바가 많았던 이석우 이사였다.

그때였다.

회의실 문이 벌컥 열렸다.

"이, 이사님!"

매니저 한 명이 헐레벌떡 숨을 몰아쉬고 있었다.

그의 손에는 스마트 폰이 들려 있었다.

이석우 이사를 비롯해 모든 관계자들의 시선이 스마트 폰으로 모아졌다.

"빨, 빨리 보셔야 할 것 같습니다!"

매니저가 이석우 이사에게 자신의 스마트 폰을 건넸다.

이석우 이사가 차분하게 스마트 폰을 들여다보았다.

포털 사이트에 수없이 많은 기사가 떠올라 있었다.

"하하, 역시."

이석우 이사가 그저 하하 웃었다.

"대체 뭡니까, 이사님?"

JG 이민규 실장이 다급하게 물었다. 다른 기획사 관계자들도 이석우 이사를 쳐다만 보고 있었다.

"직접 확인하시죠. 그럼 저희 S&H의 결정이 틀리지 않았다는 걸 확인하실 수 있을 겁니다."

이석우 이사의 말에 JG 이민규 실장과 기획사 관계자들이 서둘러 각자 스마트 폰을 꺼내 들었다.

"하!"

중소 기획사 관계자 한 명이 탄식을 내질렀다.

"어울림이 또 어울림 했는데요?"

플래시즈 엔터의 이기혁 실장이 유행어를 중얼거렸다.

"하하, 이거 참. 현우 씨가 이제는 무서울 정도입니다."

코인 엔터의 백동원 팀장도 쓰게 웃었다.

['소녀혁명' 신지혜, 마블사의 여성 히어로 '스파이더 실크' 주연으로 낙점!]

['소녀혁명'의 혁명은 계속된다! 신지혜, 데뷔와 동시에 할리우드 진출! 리틀 송지유의 등장!]

[마블사에서 공식 확인! 첫 여성 히어로의 주인공은 한국인 소녀 신비! 어울림 엔터테인먼트와 김현우 회장! 또 한 번 역사를 쓰다!]

['소녀혁명' 다섯 멤버! 신지혜를 주연으로 멤버들도 '스파이더 실크'에 전격 출연!]

─와 ㅋㅋㅋㅋㅋ 김현우 ㅋㅋㅋ 미쳤다! ㅋㅋ

─어울림… 이젠 무섭다… 마블 영화에 첫 여성 히어로물 주연을 한국 출신 배우가 한다고? ㅋㅋㅋ

─마블 주인공이 한국인 ㅋㅋㅋㅋㅋㅋ 응. 어울림.

─신지혜도 송지유 테크 타네? ㅋㅋㅋ 지난 3년간 활동 안 하더니 이를 갈았구나? ㅋㅋ

─여러분! 어울림이 또 국위 선양을 했습니다! 외쳐요! 김멘! 김현우 아멘!

─김멘이래 ㅋㅋㅋ

─김멘!

─ㄴㄴㄴㄴ 김렐루야!

─김렐루야 ㅋㅋㅋㅋㅋㅋ

포털 사이트가 마비가 될 정도로 폭발적인 반응이 흘러나오고 있었다.

마블.

요 근래 세계에서 가장 큰 인기를 끌고 있는 영화 시리즈였다.

그런데 첫 여성 히어로물의 주인공에 한국인 신지혜가 주연으로 캐스팅되었다는 소식이 갑자기 전해졌다.

그리고 그로 인해 대한민국이 들썩이고 있었다.

―실시간 어울림 사옥 ㅋㅋㅋㅋㅋㅋㅋ

―진짜 어울림 멋있다! 멋있어!

―와~ 위엄 보소?

―드디어 앨범 나오는구나?

연남동 부근을 지나던 한 팬이 올린 사진 한 장이 큰 반향을 일으키고 있었다.

어울림 신사옥 전광판에 '소녀혁명'의 1집 정규 앨범 재킷 사진이 올라와 있었기 때문이었다.

다섯 개의 펄럭이는 분홍 깃발 아래, 각기 다른 왕관을 쓴 다섯 명의 소녀들이 우뚝 서 있었다.

뒤이어 또 하나의 사진이 올라왔다.

노란색 래시가드 차림의 드림걸즈 멤버들이 산타모니카 해변에서 바나나 모양의 서핑 보드를 들고 서 있는 사진이었다.

[바나나 먹으면 바나나요? Coming Soon! 꿈의 소녀들! 미국 빌보드로 가즈아! —30일]

3년 만에 발매되는 드림걸즈의 새 앨범이었다.

무엇보다 빌보드 진출이라는 짤막한 문구는 엄청난 파장을 몰고 왔다.

—온다! 비글들이 돌아온다!

—온다! 지옥에서 그녀들이 온다! ㅋㅋ

—바나나 먹으면 바나나요? ㅋㅋ 역시 비글즈답다 ㅋㅋ

—소녀혁명 활동 끝나면 바로 드림걸즈 컴백? 야호! ㅋㅋㅋ

—소녀혁명에 이어 드림걸즈? 그리고 송지유? 아니면 전국소녀?ㅋㅋㅋ

—김발놈이 돌아오니까 어울림이 갑자기 일을 하네? ㅋㅋ

—어울림이 미쳤어요! ㅋㅋㅋㅋ 드림걸즈 미국 진출 실화냐? ㅋㅋ

—한국 걸 그룹이 미국 진출을 한다고? 미침? ㅋㅋㅋ

—꿈의 소녀들… 그룹명대로 아메리칸드림 이루러 가나? ㅋㅋㅋㅋ

—4연타네? ㅋㅋ 끝날 때까지 끝난 게 아니야!

드림걸즈의 컴백 소식과 함께 들려온 미국 진출 소식에 대중들의 반응은 폭발적이었다.

'소녀혁명'의 혁명적인 데뷔와 함께 들려온 신지혜의 마블 영화 주연 낙점 소식, 그리고 그것도 모자라 대한민국 국민들에게 큰 사랑을 받고 있는 '드림걸즈'까지 컴백과 함께 미국 진출을 예고하고 있었다.

S&H 회의실이 침묵을 넘어 절망에 휩싸였다.

"아직도 어울림을 견제하겠다는 말도 안 되는 생각을 하고 계시는 겁니까?"

"……."

"……."

그 누구도 감히 말을 꺼내지 못했다.

가장 강하게 어울림을 견제하자고 주장해 왔던 JG 측의 인사들이 입을 꾹 다문 채로 말이 없었다.

"그럼, 저는 그만 일어나 보겠습니다."

"이, 이사님? 어디 가시는 겁니까?"

JG 이민규 실장이 초조한 어투로 물었다. 이석우 이사가 희미한 미소를 머금었다.

"오늘 김현우 회장이랑 점심 약속이 있습니다. 스파이더 실크에 단역이라도 좋으니 우리 걸즈파워 멤버들도 출연을 했으면 해서 말입니다. 친분을 이용해서 한번 부탁을 해봐야 하지 않겠습니까? 김현우 회장은 친분이 있는 사람이라면 쉽게 외면을 할 사람이 아니니까요."

이석우 이사의 말에 기획사 관계자들이 눈을 크게 떴다.

마블 영화였다.

같은 반 학생 역 같은 단역으로나마 출연을 해도 엄청난 기회가 될 수 있었다.

"이 실장님이랑 백 팀장님도 같이 가시죠. 현우 씨가 기다리고 있을 겁니다."

"예, 이사님."

"그럼 저희는 먼저 가보겠습니다."

이기혁 실장과 백동원 팀장도 당당히 자리에서 일어나 이석우 이사와 함께 회의실을 나섰다.

"……."

"……."

회의실이 정적에 휩싸였다.

끼익.

회의실 문이 다시 열렸다. 이기혁 실장이 얼굴을 들이밀곤 입을 열었다.

"최 대표님, 같이 가시죠. 김현우 회장이랑 식사도 같이하시죠? 우리 현우 회장님, 제가 소개해 드리겠습니다."

"예?! 정말입니까?"

소형 기획사 대표인 최 대표가 눈을 크게 떴다.

그러다 JG와 JYB 관계자들의 눈치를 살폈다. 하지만 이내 결심한 듯 자리에서 일어났다.

"가겠습니다! 가야죠!"

최 대표가 급히 이기혁 실장에게로 합류했다.

"저희도 그럼 이만."

다른 소형 기획사 대표 한 명이 급히 자리에서 일어났다.

썰물처럼 중소 기획사 관계자들이 회의실을 빠져나갔다.

"빌어먹을!"

"……."

넓은 회의실엔 JG와 JYB 관계자들만이 덩그러니 남아 소태 씹은 표정을 짓고 있었다.

*   *   *

어울림 본사 근처에 위치한 삼겹살 가게.

현우와 손태명이 서로를 마주하고 있었다.

"이석우 실장님도 오랜만에 뵙네."

"이제 이사님이다."

"아, 그래? 잘나가시는데?"

"김현우, 너만 하겠냐?"

"악!"

갑자기 현우가 비명을 질렀다. 가게 이모가 그런 현우를 흘겨보았다.

"살짝 쳤는데 왜 엄살이야?"

"아니, 이모 손 매운 거 잊었어요?"

"호호, 그랬나? 근데 돈도 많은 놈이 여긴 왜 계속 와?"

가게 이모가 현우를 나무랐다.

어울림 초창기 시절부터 현우나 어울림 식구들과 많은 시간을 보내왔던 가게 이모였다.

현우가 씩 웃었다.

"이모, 사람 다 똑같은 겁니다."

"그게 무슨 말이여?"

"있는 놈이나 없는 놈이나 요플레 뚜껑 따면 뚜껑부터 핥아 먹는 법이죠."

"호호! 그럴듯하네!"

"그래서 요즘 장사는 어때요, 이모?"

"늘 잘되고 있지. 먹고살 만혀."

가게 이모가 뿌듯한 표정으로 가게 벽을 가리켰다.

현우를 비롯해서 송지유와 어울림 식구들의 사진과 사인들이 잔뜩 걸려 있었다.

"다행이네요. 아들내미는요?"

"우리 아들? 그냥저냥 잘 있어. 요즘 오디션 보고 다녀."

"그래요? 우리 회사 한번 오라고 해요, 이모. 내가 직접 봐 줄 테니까."

"에휴! 됐어! 내가 보기엔 연예인 할 놈은 아니여!"

"하하, 그래요?"

현우도 짧게 웃었다.

그때였다.

드르륵.

문이 열리며 이석우 이사와 이기혁 실장, 그리고 백동원 팀장이 모습을 드러내었다.

"현우 씨."

"하하! 오셨어요?"

현우가 오랜만에 보는 이석우 이사를 반겼다.

이석우 이사도 현우를 보곤 미소를 머금었다.

"오랜만입니다, 현우 씨. 미국에서 아주 돌아온 겁니까?"

"당분간은요. 근데 일도 있고 해서 곧 가야 할 겁니다."

이석우 이사가 고개를 끄덕였다.

스파이더 실크나 드림걸즈의 미국 진출을 염두에 둔 이야기였다.

"이 실장님이랑 백 팀장님도 잘 오셨습니다. 우리 이모, 매출 올라 좋겠는데요?"

"호호, 그러게?"

"음?"

순간 현우가 두 눈을 의심했다.

가게 문 앞으로 처음 보는 얼굴들이 연이어 들어섰기 때문이었다.

"아, 이분은 리라 엔터테인먼트 최 대표님이십니다, 현우 씨."

이기혁 실장이 서둘러 소개를 했다.

현우가 가만히 최 대표와 그 주변의 기획사 관계자들을 살펴보았다.

"……."

"……."

최 대표를 비롯해 기획사 관계자들이 감히 고개를 들지 못했다.

염치가 없었기 때문이었다. 손태명이 현우의 목에 팔을 둘렀다.

"뭘 그렇게 물끄러미 보냐? 우리보다 형님들이신데?"

"왜 남자 얼굴은 보면 안 되냐?"

"끔찍한 소리 하지 마라."

현우와 손태명이 티격태격하자 분위기가 조금이나마 풀어졌다.

현우가 미소를 머금고는 입을 열었다.

"어울림 엔터테인먼트의 회장 김현우입니다. 먼 길 잘 오셨습니다."

최 대표를 비롯해 기획사 관계자들의 표정이 밝아졌다.

기대를 하고 오긴 했지만, 해놓은 짓들이 있어 냉대를 받을 줄 알았기 때문이었다.

그런데 이기혁 실장이나 백동원 팀장 말처럼 현우와 손태명이 반갑게 맞이해 주고 있었다.

"오늘은 제가 쏘겠습니다. 삼겹살에 소주, 좋아들 하시죠?"

현우가 씩 웃으며 말했다.

*　　　*　　　*

지글지글.

불판마다 삼겹살 익는 소리가 정겨웠다.

처음에는 어색해하며 현우를 어려워하던 분위기도 점차 누그러들었다.

현우의 잔에 소주가 채워졌다. 소주잔을 들며 현우가 씩 웃었다.

"얼마 만에 마셔보는 소주인지 모르겠네요."

"저도 마찬가지입니다, 후우."

손태명까지 길게 한숨을 내쉬었다. 현우도 손태명을 마주 보며 한숨을 내쉬었다.

"무슨 일이 있는 겁니까?"

이석우 이사가 조심스레 물었다.

백동원 팀장이 이기혁 실장의 소주잔을 채우며 입을 열었다.

"지유 씨랑 은정 씨가 얼마 전에 금주령을 내렸다고 합니다."

"금주령이요? 하하, 역시 젊을 때라 좋군요."

이석우 이사가 조용히 웃었다.

"지유 씨나 김은정 팀장 입장에서는 당연한 거 아니겠습니까? 두 분이서 매일 뭉쳐서 술을 마신다고 저희 회사에서도 소문이 자자합니다."

이기혁 실장이 백동원 팀장을 거들었다. 현우와 손태명이 동시에 쓴웃음을 머금었다.

소주잔이 한차례 오고 갔다.

이석우 이사가 깨끗하게 비워진 소주잔을 내려놓으며 말했다.

"소녀혁명의 광화문 쇼 케이스… 잘 봤습니다. 아이들이 정말 굉장하더군요. 역시 어울림입니다. 신선한 충격이었습니다."

"감사합니다."

"아, 그리고 우리 아이들 미국까지 진출시켜 주시고 정말 감사합니다, 현우 씨."

"이제 앞길이 구만리죠 뭐. 말이 미국 진출이지 저 역시 빌보드 쪽은 문외한이라서 말입니다."

그렇게 말하곤 현우가 이석우 이사를 살폈다.

드림걸즈 멤버들을 두고 아직도 '우리 아이들'이라는 단어를 쓰고 있었다.

엘시와 멤버들을 향한 진심이 느껴졌다.

'뭐 좋은 분이니까.'

현우가 다시 빈 소주잔을 채웠다.

"걸즈파워 친구들도 잘 지내죠?"

먼저 안부를 물었으니 이쪽에서도 걸즈파워 멤버들의 안부를 묻는 게 도리였다.

이석우 이사가 고개를 끄덕였다.

"신경 써주신 덕분에 잘 지냅니다. 그때의 일을 아이들이 아직까지도 감사하게 생각하고 있습니다."

"하하, 벌써 오래전 일인데요."

현우가 머리를 긁적였다.

오래전, 어울림과의 전면전에서 참패를 겪은 S&H는 큰 위기에 봉착한 적이 있었다.

유일한 희망이었던 걸즈파워 2기 역시 여론이 좋지 않았었다.

그때 현우와 어울림은 S&H 쪽의 간절한 부탁을 받아들였고, 드림걸즈의 컴백을 한 달 정도 늦추어주었던 적이 있었다.

그리고 그 시간 동안 걸즈파워 2기는 성공적으로 연예계에 안착할 수 있었다.

그리고 그 후로도 나름 굳건한 팬덤을 유지해 오고 있었다.

"현우 씨, 현우 씨가 이야기를 꺼낸 김에 부탁을 하나 하고 싶습니다."

"이사님께서 부탁을요? 얼마든지요."

부탁을 듣기도 전에 흔쾌히 허락을 했다.

이석우 이사는 절대 무리한 부탁을 할 사람이 아니라는 것을 알고 있었기 때문이다.

"이번 마블 새 영화가 제작이 된다고 들었습니다. 단역이라도 좋으니 우리 걸즈파워 아이들도 오디션을 보고 싶습니다, 현우 씨."

"오디션요?"

현우가 팔짱을 끼며 진지해졌다.

현우 본인 탓인지 다들 이번 새 마블 시리즈인 '스파이더 실크'를 쉽게 생각하고 있는 것 같았다.

'스파이더 실크'는 마블 원작의 여성 히어로 만화였다. '스파

이더 보이' 시리즈와 같은 세계관을 공유하고 있는 인기 마블
작품 중 하나였다.

절대로 쉽게 볼 작품이 아니었다.

하지만 대한민국 대부분의 국민들이 현우와 어울림의 힘으
로 신지혜가 '스파이더 실크'의 주연으로 낙점이 된 줄 알고 있
었다.

절대 아니었다.

신지혜는 이미 어렸을 적부터 연기에 천부적인 재능을 보
인 아이였다.

송지유와 함께 출연했던 천만 영화 '아는 언니'가 마지막 작
품이긴 했지만, 그 후에도 서유희로부터 연기 연습을 꾸준히
받아왔다.

이뿐만이 아니었다.

어렸을 적부터 영어 공부를 꾸준히 시켜 영어 구사에도 능
숙했다.

성희연과 오수정, 카나, 히나 쌍둥이 자매 역시 어렸을 적부
터 계획적으로 하드 트레이닝을 받아온 아이들이었다.

즉, '소녀혁명 프로젝트'를 위해 아주 오래전부터 현우와 어
울림은 차근차근 준비를 해왔다는 소리였다.

현우가 소주잔을 비워내며 진지하게 물었다.

"멤버 중에 영어가 능숙한 멤버가 있습니까, 이사님? 일단

언어부터 선행이 되어야 할 것 같습니다."

"음, 우리 제나가 캘리포아니아 태생입니다, 현우 씨."

"아하! 그랬죠?"

생각해 보니 Xena는 혼혈이었다.

현우가 손태명을 쳐다보았다. 덩달아 이석우 이사와 이기혁 실장, 백동원 팀장도 손태명을 쳐다보았다.

"왜 결정권을 나한테 미루는 건데? 어차피 네 마음대로 할 거면서."

손태명이 안경을 고쳐 쓰며 인상을 구겼다.

"어떻게 알았냐?"

"내가 네 친구 하루 이틀 하냐?"

"은정이 닮아가냐? 뼈 좀 살살 때려라. 삭는다, 삭아."

티격태격거리는 현우와 손태명 때문에 삼겹살 가게 여기저기에서 작은 실소가 터졌다.

현우가 어깨를 으쓱한 다음 이석우 이사를 쳐다보았다.

"오디션 보죠. 그런데 오디션을 보려면 미국까지 가야 할 텐데요?"

"기회만 주어진다면 미국이 문제겠습니까?"

"그렇죠. 할리우드인데."

이기혁 실장이 말을 보탰다.

"그럼 그렇게 하겠습니다, 이사님."

"하하! 감사합니다, 현우 씨."

이석우 이사가 현우를 향해 고개를 숙여 보였다.

어울림의 미래가 신지혜라면 S&H는 Xena가 미래였다.

단역일지라도 세계적으로 인지도를 쌓을 수 있는 큰 기회가 찾아온 것이었다.

"이거 괜히 섭섭한데요?"

현우랑 친분이 깊은 백동원 팀장이 서운한 표정을 했다.

현우가 빙그레 웃었다.

장난이라는 걸 알았기 때문이다.

새삼 생각해 보면 백동원 팀장과 이기혁 실장 두 사람은 변함없는 현우의 든든한 조력자들이었다.

"프리즘 앨범은 언제 나오는 겁니까?"

"이거… 통한 겁니까?"

백동원 팀장이 현우의 말을 따라 했다. 현우가 하하 웃다가 고개를 끄덕거렸다.

"다음 앨범 콘셉트가 잡히면 연락 주세요. 승석이나 청산이한테 곡 하나 받아두겠습니다."

"예? 정말입니까?"

백동원 팀장의 얼굴이 환해졌다.

3류 걸 그룹이라고 평가를 받던 프리즘은 오래전 어울림에서 주었던 곡으로 이제는 제법 인기를 끌고 있었다.

"제가 언제 두말하는 거 봤습니까?"

"그렇죠. 두말하면 김현우가 아니죠, 하하!"

"잠깐."

손태명이 대화를 끊었다.

백동원 팀장은 아차 싶었다. 어울림의 2인자인 손태명은 절대 쉬운 자가 아니었다.

손태명이 현우의 어깨를 툭 쳤다.

"김현우, 적당히 해라."

"왜? 뭐?"

"됐고, 백 팀장님. 곡비는 주셔야 합니다."

"뭘 받아? 그걸? 동원 형님이라고?"

서로 존중을 하는 차원에서 회장님, 팀장님이라는 호칭을 쓰긴 했지만 사석에서는 격의 없이 지내는 사이였다.

"드리겠습니다. 역시 손 사장님은 호락호락하지 않습니다."

백동원 팀장이 입맛을 다셨다. 손태명이 부드러운 미소를 머금었다.

"백 팀장님도 현우 밑에서 1년만 일해보세요. 저보다 더했으면 더했지, 못하지는 않으실 겁니다."

"예, 인정합니다."

백동원 팀장이 안타까운 눈빛으로 손태명을 쳐다보았다.

한때 불도저 김태식이라 불리던 현우 때문에 온갖 고생을

다 도맡았던 손태명이었다.

손태명이 충분히 이해가 되었다.

"뭘 또 인정을 하세요?"

"곡비 최대한 드리겠습니다. 우리 손 사장님 생각만 하면 눈물이 납니다."

"아니, 백 팀장님? 이거 너무하시는데요?"

"하하, 회장님. 이럴 땐 그냥 마시는 겁니다."

이기혁 실장이 크게 웃으며 현우의 빈 잔에 소주를 채워주었다.

술자리 분위기는 더없이 화기애애했다.

그런 현우와 일행을 중소 기획사 관계자들은 부러운 듯 지켜만 보고 있을 뿐, 감히 대화에 끼어들 엄두를 내지 못하고 있었다.

툭, 손태명이 살짝 현우의 팔을 쳤다.

그러고는 작게 속삭였다.

"오지랖 좀 부려봐라. 다들 우리 눈치만 보고 있어."

"그래?"

현우가 살짝 주변을 둘러보았다.

중소 기획사 관계자들이 슬쩍슬쩍 이쪽을 쳐다만 보고 있었다.

"다녀와라."

손태명이 현우의 등을 떠밀었다. 손 부인표 내조였다.

"오케이."

현우가 소주병을 들고는 옆 테이블로 향했다.

＊　　　　＊　　　　＊

"후우, 간만에 달렸더니 힘든데?"

회장실 소파에 기대어 현우가 한숨을 길게 내쉬었다.

한숨에서 진한 알코올 향이 풍겼다. 손태명이 숙취 해소 음료를 건넸다.

"그러니까 미련하게 그 잔들을 다 받고 있어?"

"아니, 어떻게 거절을 하냐고? 등 떠민 건 너였어."

"그래도 적당히 마셔야지."

"미국에서 와인만 마셨더니 술이 약해졌어. 확실히."

"그래서 서운하냐?"

손태명이 혀를 찼다.

"아주 많이?"

"시끄럽고 남은 거나 다 마셔."

"나 숙취 해소 음료 싫어하는 거 알잖아?"

현우가 정색을 하자 손태명도 정색을 했다.

"지유한테 내일 아침에 건강 음료 만들어 오라고 할까?"

"하아, 나쁜 놈."

두 남자 사이에 어딘가 묘한 대화가 오고 갔다.

현우가 결국 숙취 해소 음료를 깨끗하게 비워냈다.

"그래도 오늘 성공적이었다, 태명아."

현우가 만족스러운 얼굴로 씩 웃었다.

손태명도 픽 웃었다. 그리고 두 친구가 짝, 하이파이브를 주고받았다.

그동안 JG나 JYB에게 휘둘리던 많은 중소 기획사들이 어울림을 향한 적대적인 시선을 거두어들였다.

'반어울림 연합'이라고도 할 수 있는 '한국 매니지먼트 협회'가 오늘부로 사실상 와해가 되었다고 해도 과언이 아니었다. 남겨진 건 JG랑 JYB뿐이었다.

"JG랑 JYB가 앞으로 어떻게 나올 거 같아?"

현우가 넥타이를 풀며 손태명에게 물었다.

손태명이 소파 뒤에 기대어 생각에 잠겼다.

"뭐, 대충 예상은 가는데 말이지. 언론 동원해서 사생활이나 들추려 하겠지. 근데 우린 깔 게 없잖아? 굳이 있다면 영진이가 선영 씨한테 잡혀 산다는 거?"

"너도 은정이한테 잡혀 살잖아."

"내가? 이 손태명이?"

손태명이 또 정색을 했다.

"아니야? 너 은정이가 주는 비타민 없이는 못 살잖아?"

"무슨 소리야? 난 은정이 하는 짓이 귀여워서 일부러 받아주는 거야."

"나랑 똑같네."

"김현우, 네가?"

손태명이 현우를 비웃었다.

송지유에게 잡혀 살고 있는 건 어울림 식구들을 넘어 대한민국 국민들이 다 알고 있는 사실이었다.

"야, 진짜야."

"그래. 그렇게 믿어보자."

"믿어보자? 어감이 좀 그런데? 비꼰 거야?"

"시끄럽고, 내일이다. 이제."

손태명의 말에 현우가 고개를 끄덕거렸다.

광화문 쇼 케이스가 성공적으로 끝이 났다.

거기다 새 마블 영화 출연 소식까지 전해지면서 대한민국 국민들의 관심이 '소녀혁명'에게로 모아져 있었다.

이미 앨범도 선주문으로 완판이 된 시점에서, 남은 것은 지상파 가요 무대에서 '소녀혁명'의 진가를 재각인시켜 주는 것이었다.

"준비는?"

현우가 물었다.

"완벽 그 자체지."

"좋아. 그럼 슬슬 퇴근하자."

현우가 소파에서 일어났다.

때마침 회장실 문이 열렸다.

송지유와 김은정이었다. 밖으로 나가려던 현우가 급히 몸을 돌렸다. 그러고는 손태명을 쳐다보았다.

"야? 뭐야? 네가 지유랑 불렀어?"

"왜? 부르면 안 되냐?"

"아니, 우리 금주령이었잖아!"

현우가 작지만 빠르게 속삭였다.

송지유가 현우의 팔을 잡고 몸을 돌렸다. 그러고는 살짝 발꿈치를 들어 술 냄새를 맡았다.

"얼마나 마신 거예요, 대체?"

"딱 한 병?"

"내가 그 말을 믿을 거 같아요?"

"오, 오늘 중요한 미팅이 있었거든. 그래서 지유야."

"아무리 그래도 그렇지. 나랑 약속한 거 잊었어요? 미국에선 안 그러더니 한국 와서 요즘 왜 이래요? 정말 속상해 죽겠어."

"지, 지유야?"

"내일 하루는 디톡스 음료만 마셔요. 그래야 간이 회복이 된단 말이에요. 오빠 오래 살아야죠?"

건강 지킴이 송지유다웠다.

"난 원래 하루만 살잖아."

"뭐라고요?"

".....:"

송지유가 오랜만에 여왕 포스를 뿜어냈다. 현우가 꾹, 입을
다물었다.

송지유가 어깨에 메고 있던 에코백을 테이블로 내려놓았다.
동시에 현우의 표정이 굳어졌다.

벌써부터 건강한 냄새가 마구 풍겨져 왔다.

"짠! 건강 음료가 왔어요. 잘했죠?"

"어, 어. 뭐가 들어간 건데?"

현우가 정체불명의 색깔을 발하고 있는 유리병을 살피며 물
었다.

"지유의 사랑?"

"그, 그리고 또?"

"비밀~"

"비밀이구나. 그 비밀이 좀 알고 싶은데 말이지."

"수작 부리지 말고 빨리 마셔요."

송지유가 눈을 흘겼다.

"그, 그래."

순간 무턱대고 마셨던 술들이 원망스러워졌다.

현우가 자체적으로 시각과 후각, 미각을 통제한 채 건강 음료를 입으로 가져갔다.

"하여간 김현우."

쩔쩔매고 있는 현우를 보며 손태명이 픽 비웃었다.

현우를 비웃고 있는 손태명의 얼굴을 김은정이 살폈다.

"오빠도 많이 마셨어요?"

"난 조금."

"그래도 몸 상할 텐데요?"

"이 정도는 괜찮아."

"알았어요. 오늘 일하느라고 수고했어요."

김은정이 손태명의 볼을 쓰다듬었다.

손태명이 '봤냐?' 하는 표정으로 독극물, 아니, 건강 음료를 마시고 있는 현우를 마음껏 비웃었다.

그때였다.

김은정이 스마트 폰을 꺼내더니 한마디를 더했다.

"오빠, 내일 오전에 비타민 주사 맞으러 가요."

"……."

손태명의 표정이 굳었다.

비타민도 모자라 비타민 주사라니, 뭐라고 표현을 할 수가 없었다.

결국 회장실 불이 꺼지며 두 남자가 두 여자한테 소처럼 끌려갔다.

＊　　　＊　　　＊

교문 앞으로 초록색 스프린터가 들어섰다.

일반 고등학교였다면 연예인이 타는 밴이 왔다며 난리법석이 났겠지만, 그나마 다행이랄까.

학생들은 힐끔힐끔 쳐다만 볼 뿐 별다른 반응이 없었다.

유명 예고의 특성상 현직 아이돌인 학생들도 있었고, 혹은 연습생들도 많았기 때문이었다.

한편 운전대를 잡고 있는 백지윤의 얼굴이 어딘지 모르게 초조하고 불안해 보였다.

"걸, 걸리면 난 죽음일 텐데."

백지윤이 연신 손톱을 물어뜯었다.

직속 상사인 팀장 김철용이 아른거려 괜히 더 불안했다.

그때였다.

드르륵.

초록색 스프린터의 문이 열렸다.

"언니, 생각보다 일찍 왔네?"

익숙한 음성에 백지윤이 뒷좌석 쪽으로 고개를 돌렸다.

교복 차림의 신지혜와 성희연, 오수정의 얼굴이 보였다.

"지, 지혜야. 우리 아무 말도 없이 이래도 되는 걸까? 응?"

신지혜를 보자마자 백지윤이 울상을 했다.

신지혜가 태연하게 팔짱을 꼈다.

"언니."

"으, 응."

"뭘 그렇게 겁을 먹어? 내가 이러는 거 하루 이틀이야?"

"아, 아니?"

"그러니까 나만 믿어."

그렇게 말하곤 신지혜가 먼저 스프린터에 올라섰다.

그 순간, 뒷좌석 담요가 흘러내리며 카나와 히나 자매가 튀어나왔다.

"와!"

"와!"

"야!"

"꺅!"

신지혜는 사납게 여우 눈을 떴고, 오수정은 꺅 비명을 질렀다.

성희연이 쌍둥이 자매를 보며 눈썹을 구겼다.

"지윤 언니? 카나랑 히나도 데리고 온 거야?"

"으응. 숙소에 둘만 있기 심심하다고 해서."

백지윤이 진심으로 미안한 표정을 하며 신지혜의 눈치를 살폈다.

신지혜가 푹 한숨을 내쉬었다.

마음 약한 백지윤이 카나와 히나의 부탁을 거절할 수 있을 리가 없었다.

"…너희는 왜 따라온 건데?"

"지혜랑 있으려고."

"……."

4차원인지 아니면 순수한 건지 히나의 말에 신지혜도 딱히 할 말이 없었다.

그때 카나가 갑자기 주먹을 척, 내뻗었다.

"뭐 하는 거야, 얘는 또?"

성희연이 신지혜를 보며 말했다. 카나가 헤헤 웃기 시작했다.

"우리는 하나다."

"우리는 하나다? 우리가 배하나 선배님이라고?"

"야, 재미없거든?"

신지혜가 성희연에게 눈을 흘겼다.

"아무튼 카나 너, 그런 말은 어디서 배웠어?"

"TV에서."

히나가 카나 대신 대답을 했다.

신지혜가 카나와 히나를 보며 작게 웃었다.

"우리는 하나다. 뭐 나쁘지 않은 말이네. 마음에 들었어."

신지혜도 카나의 주먹을 향해 주먹을 내뻗었다.

"우리는 하나다!"

"우리는 하나다."

"우리는 하나다."

오수정과 히나도 얼른 주먹을 모았다.

"나, 나도 하라고?"

성희연이 머뭇거렸다. 그러다 얼른 주먹을 내뻗었다.

"우, 우리는 하나다."

"우리는 하나다!"

스프린터 안으로 신지혜와 멤버들의 파이팅 넘치는 기합이
울려 퍼졌다.

순식간에 의기투합을 하는 '소녀혁명' 멤버들을 보며 백지윤
이 조용히 중얼거렸다.

"김 팀장님… 보고 싶어요."

＊　　　　＊　　　　＊

"휴게소는? 휴게소는?"

스프린터 안에서 카나가 연신 휴게소를 찾았다.

운전을 하고 있던 백지윤이 참다 참다 입을 열었다.

"카나야, 김포 쪽에는 휴게소가 없어."

"그럼 괜히 왔어. 알감자랑 버터 오징어 먹고 싶었는데!"

"알감자……."

카나가 발을 동동 굴렀다.

히나도 어느새 시무룩해했다.

"알감자, 숙소 가면 내가 만들어줄게."

"정말이지? 정말이지?"

"정말……?"

쌍둥이 자매가 금방 기운을 차렸다. 오수정이 고개를 끄덕
거렸다.

"웅. 나 요리 잘하거든. 꼭 만들어줄게. 희연이 너도 도와
줘? 내 조수니까."

"조수 확실하지? 내 기억에는 어느새 내가 요리를 다 하고
있더라고."

"내, 내가 그랬나?"

오수정의 양 볼이 빨갛게 물들었다.

성희연이 오수정의 어깨를 다독이며 신지혜를 쳐다보았다.
아까 전부터 신지혜가 조용했다.

말없이 창밖만 바라보고 있었다.

성희연이 신지혜의 허벅지를 슬며시 간질였다.

평소 같았으면 하지 말라며 눈을 흘겼을 신지혜가 여전히 창문 밖만 바라보고 있었다.

콕콕.

성희연이 신지혜의 볼을 찔러보았다.

"……."

그래도 신지혜는 여전히 말이 없었다.

성희연이 결국 신지혜의 팔을 잡고 흔들었다.

계속되는 훼방에 신지혜가 고개를 돌렸다.

"왜?"

"사색 중에 미안한데, 그런 거 너한테 안 어울려. 이 폭스야."

"폭스, 폭스 하지 마. 너구리 주제에."

너구리를 닮아서 너구리라는 별명을 갖고 있는 성희연이었다.

평소였다면 한바탕 싸움이 났겠지만 오히려 성희연은 기분이 좋았다.

"이제야 말이 좀 통하네. 무슨 생각 중인데?"

"옛날 생각."

"왜? 남자 만나러 가니까 옛날 생각나고 막 좋아? 폭스 아니랄까 봐. 너 우리 회장님이나 사장님이랑 있을 때랑 우리랑 있을 때랑 다른 거 알지?"

성희연의 도발에 신지혜의 눈동자가 가늘어졌다.

"시끄러. 현우 삼촌도 삼촌이고, 태명 삼촌도 삼촌이고, 그래서 그런 거지. 내가 그럼 너한테까지 애교 부리고 막 이래야 해? 그래줄까?"

"아니, 생각해 보니까 소름 돋는다."

성희연의 양팔을 쓸어내렸다.

오수정이 작게 웃었다. 그러고는 신지혜의 손을 잡았다.

"잘 지내시고 있을 거야. 이제 몇 달 안 남았잖아?"

"응."

신지혜가 고개를 끄덕였다. 그러고는 다시 창밖으로 시선을 돌렸다.

성희연이 더 뭐라 말을 하려 했지만 오수정이 손으로 입을 틀어막았다.

*　　　　*　　　　*

"소, 소녀혁명이다!"

김포에 주둔하고 있는 해병대 2사단 부대의 군 면회실에서 환호성이 터져 나왔다.

일순간 군 면회실이 환해지는 느낌까지 들었다.

면회를 나온 군인들의 뜨거운 시선이 일제히 '소녀혁명'에게로 쏟아졌다.

면회를 온 민간인들 역시 깜짝 놀라 어쩔 줄을 몰라 하고 있었다.

"진한 수컷 냄새~"

"군인 좋아."

"조용히해. 창피해."

성희연이 쌍둥이 자매를 진정시켰다.

"다른 분들한테 폐 끼칠 수도 있으니까, 저기 구석에 앉자."

백지윤의 손을 잡고 '소녀혁명' 멤버들이 구석으로 자리를 잡았다.

신지혜의 시선이 벽에 걸린 시계 쪽으로 향했다. 시간은 10시 20분이었다.

"곧 오실 거야, 지혜야."

"모르지. 저번처럼 또 늦게 오는 거 아냐?"

"희연아?"

"알았다고."

오수정의 눈초리에 성희연이 입을 다물었다.

5분 정도가 흐르자 군 면회실 문이 벌컥 열렸다. 그리고 익숙한 얼굴이 나타났다.

"오? 이게 다 몇 명이야? 하나, 둘, 셋, 넷, 다섯, 여섯?"

준수한 외모의 군인이 헤벌쭉 미소를 머금었다.

군 면회실에 있던 군인들과 민간인들의 시선이 이번에는 준수한 외모의 군인에게로 쏟아졌다.

반면 신지혜의 얼굴엔 진한 부끄러움이 어렸다.

"창피하니까 빨리 와!"

"와~ 이제는 내가 창피하냐? 단물 다 빠졌다 이거지?"

"진짜 단물 빠지기 싫으면 빨리 오라고!"

"못 본 사이에 더 표독스러워졌는데? 좋아."

"진짜 뭐래?"

신지혜의 얼굴이 빨갛게 물들었다.

결국 신지혜가 피자 박스를 높이 들고는 옆으로 조금 기울였다.

"승호 오빠, 이렇게 피자가 죽어가고 있네요."

성희연의 말에 승호의 얼굴이 사색이 되었다.

"알겠어! 알겠다고!"

승호가 서둘러 걸음을 옮겨 맞은편으로 앉았다.

곧이어 피자 박스를 열어보았다.

"하아, 다행히 치즈는 흘러내리지 않았어. 피자는 이 치즈가 생명인데 말이지."

"먹을 게 그렇게 좋아?"

"좋지. 지혜, 너도 군대 와봐라. 사람 단순해진다니까."

그렇게 말하곤 승호가 피자를 한 조각 베어 물곤 행복한 표정을 했다.

신지혜가 피클이 담긴 통을 까주며 툴툴거렸다.

"어떻게 오빠는 갈수록 철이 없어져? 서른도 코앞이면서."

"난 철들면, 그날이 죽는 날이야."

"인정합니다."

성희연이 고개를 끄덕거렸다.

"이것들도 드세요, 선배님."

오수정이 픽 웃으며 준비해 온 음식을 하나둘 개봉하기 시작했다. 치킨도 있었고, 직접 싸온 음식들도 있었다.

승호가 서둘러 도시락 통에 담긴 음식을 입으로 욱여넣었다.

"형수님 음식들이지?"

"응. 엄마가 오빠 먹으라고 싸줬어."

"역시 형수님 음식이 최고다. 근데 지혜, 너 라면은 끓일 줄 아냐?"

"라면?"

"자고로 여자는 라면을 잘 끓여야 나중에 유용하게 써먹을 수 있거든."

"자꾸 헛소리 좀 하지 마."

"라면 먹고 갈래? 이거 말하는 거죠?"

면박을 주는 신지혜와는 새삼 다른 카나의 말에 승호가 호오, 감탄을 했다.

"뭘 좀 아는구나?"

그렇게 말하곤 승호가 쌍둥이 자매를 살폈다.

"이 아이들이 일본에서 합류한 멤버들인가?"

"네! 소녀혁명 최고의 베이글! 카나입니다!"

"히나입니다."

"쌍둥이치곤 성격이 너무 다른데? 카나라고? 네가 소녀혁명에서 나랑 같은 포지션인가?"

"네!"

의미도 제대로 몰랐지만 카나가 힘차게 대답을 했다.

"뭐라는 거야? 카나는 오빠처럼 생각 없이 아무 사고나 치지는 않거든!"

신지혜가 발끈했다. 순간 분위기가 싸해졌다. 아니, 정확하게 말하면 신지혜의 얼굴이 극도로 어두워졌다.

"……."

시종일관 유쾌하던 승호가 생수를 한 모금 마시고는 흐릿하게 웃기만 했다. 내막을 모르는 쌍둥이 자매만 고개를 갸웃할 뿐이었다.

"부, 부대 구경 좀 하자?"

"그래! 우리 그러자!"

성희연과 오수정이 벌떡, 자리에서 일어나 쌍둥이 자매를 일으켰다.

"왜? 선배님이랑 더 이야기할래."

카나가 떼를 썼다. 성희연이 작게 속삭였다.

"카나, 너한테는 군인 오빠들의 사기를 올려줄 의무가 있어."

"사기? 좋아! 군인 오빠들 사기 충전시키러 갈래!"

카나의 태도가 금방 달라졌다.

백지윤도 얼른 자리에서 일어났다.

"한 시간 정도만 근처 구경하고 올게. 승호 씨, 지혜랑 이야기 나누세요."

"네. 그럴게요."

승호가 쓴웃음을 머금고는 고개를 끄덕였다. 이윽고 백지윤이 네 멤버들을 데리고 면회실을 나섰다.

"⋯⋯."

"⋯⋯."

테이블을 사이에 둔 채 어색한 침묵이 흘렀다. 고개를 숙이곤 땅만 쳐다보고 있던 신지혜가 조용히 입을 열었다.

"피자는 치즈가 생명이라며, 치즈 식고 있어."

"괜찮아."

"뭐가 괜찮아. 식으면 맛없어."

"군인은 다 잘 먹는 법이야. 그리고 오빠는 괜찮다."

"뭐가 괜찮아? 이 나이에 군대나 왔으면서!"

신지혜가 고개를 들곤 작게 소리쳤다. 두 눈에는 눈물도 그렁그렁했다.

"아빠랑 나 때문에 미안해, 오빠."

결국 신지혜가 뚝뚝 눈물을 흘렸다.

4년 전. 클럽에서 난동 사건이 벌어졌고, 언론에서는 이 사건을 대대적으로 보도했다. 주변의 만류에도 승호는 모든 혐의를 뒤집어썼다. 본래 가지고 있던 바람둥이 이미지에 폭력 사태까지 더해지면서 승호는 걷잡을 수 없이 추락했다.

연예인으로서의 재기를 위해 선택한 건, 결국 군대였다. 수술과 재활을 통해 좋지 않았던 허리를 고치고 결국 승호는 재검을 받아 해병대에 자원을 했다.

"미안할 것 없어. 내 인생에서 가장 후회 없는 선택이었고, 가장 잘한 일이었으니까. 그러니까 울지 마라."

승호가 애써 웃었다.

신현우와 이진이 작가는 행복한 가정을 이루었고, 그로 인해 신지혜와 신지선도 구김살 없는 아이들로 성장을 했다. 그리고 신지혜는 어느새 자라 대한민국을 들썩이게 하고 있었다. 그러니 이 정도면 충분했다.

"지혜야, 오빠는 여자 우는 거 보면 알레르기 생기는 거 잘 알잖아."

"자랑이다, 이 바람둥이야."

승호의 농담에 신지혜가 살짝 웃었다. 신지혜가 웃자 승호도 표정이 편해졌다.

"울다가 웃으면 뭐였더라?"

"나 이제 17살이거든! 말 가려서 해라!"

"그래도 내 눈에는 여전히 요만한 꼬맹이야. 까불지 마라."

승호가 픽 웃었다.

옛 기억들이 하나둘 떠올라 마음 한구석이 따듯해져 왔다. 느닷없이 대기실로 쳐들어와 조용히 해달라던 작은 아이가 이제는 제법 어른 티가 났다.

"어렸을 때는 조그만 게 진짜 귀여웠는데 말이지."

"지금도 귀엽거든?"

"그렇긴 하지. 세월 참 빠르다. 난 아재가 되어가고 있고, 넌 이제 여자가 되어가고 있고."

"시끄럽고, 허리는 어때?"

"멀쩡하지. 한 손으로 팔굽혀펴기 100개 가능하지."

"아씨, 진짜 그 말은 수백 번은 들은 거 같아. 휘 오빠도 그렇고, 철 좀 들어!"

"봐서."

"전역하면 뭐 할 건데?"

신지혜가 조심스레 물었다.

"생각 안 해봤는데?"

승호가 머리를 긁적였다.

2개월 후면 전역을 하지만, 그때 그 폭력 사건이 겹치면서 갓 보이스는 자연스레 해체를 한 상황이었다.

"그냥 군대에 말뚝 박을까?"

"그럼 내가 오빠 허리에 말뚝 박아줄게."

신지혜가 여우 눈을 뜨며 살벌하게 중얼거렸다. 멈칫하던 승호가 팔짱을 꼈다.

"음……. 고민이네. 뭐 하고 살지?"

"건강하게 제대나 해. 내가 다 생각이 있으니까."

"오올? '못난 오라비도 챙길 만큼 우리 지혜가 잘 자라주었구나?'라고 할 줄 알았나? 모아놓은 돈도 있고 하니까 내 걱정은 말고. 이제 슬슬 가라."

승호가 자리에서 일어나려 했다.

"벌써 가라고? 아직 11시인데?"

신지혜가 볼을 부풀렸다. 승호가 한숨을 내쉬었다.

"지혜야, 너 오늘 생방 첫 데뷔 날이야. 어울림 형님들이 알면 기겁을 할 거다. 태명 형님이 날 죽이려 들걸? 나 같은 군바리 면회가 뭐가 중요하다고. 어차피 두 달 후면 전역인데."

"…나한테는 중요해."

신지혜가 승호를 올려다보며 또 눈물을 글썽거렸다.

"......."

순간 승호의 얼굴에 서려 있던 장난기가 싹 지워졌다.

데뷔를 앞두고 천하의 신지혜가 겁을 먹고 있었다. 문득 그럴 만하다는 생각이 들었다.

어울림 엔터테인먼트를 향한, 그리고 '소녀혁명'을 향한 대중들의 기대치가 어마어마했다. 특히 신지혜에 대한 기대는 매우 컸다.

어려서부터 연예계 경험이 많은 아이였지만, 언제나 현우나 송지유가 앞에서 든든히 지켜주었다.

이제부터는 신지혜 본인이 중심이 되어 이 험난한 연예계를 헤쳐 나가야 했다. 연예인으로서 정점을 찍었던 적도 있었고, 한때 끝이 없는 무저갱까지 추락을 해본 경험도 있는 승호였다.

승호가 조용히 신지혜의 어깨에 손을 올렸다.

"...나 잘할 수 있을까?"

신지혜의 자신 없는 물음에 승호가 고개를 끄덕였다.

"당연하지. 지혜, 너는 강한 아이이니까 잘할 수 있어. 그리고 네 옆에는 나를 포함해서 좋은 사람들이 너무 많아. 알잖아?"

"응."

"그리고 살아 있는 인간 부적이 두 명이나 있잖아. 행운을 불러오는 김현우 부적, 그리고 불행을 흡수해 주는 이승호

부적."

"뭐래? 오빠가 왜 불행을 흡수해 주는 부적이야? 말이라도 그렇게 하지 마."

"어쨌든, 오늘 생방에서 끝내주는 무대를 보여줘. 내가 내다! 포스 보여주자."

"응."

"나도 부대에서 후임들이랑 응원할 테니까."

"응."

신지혜가 밝게 웃었다.

"그럼 이제 사기 충전 완료인가?"

승호가 안도의 한숨을 내쉬며 물었다.

"응응! 충전! 이제 좀 마음이 편해졌어."

신지혜가 열심히 고개를 끄덕거렸다.

"그럼 지혜야, 나도 부탁이 있다."

"얼마든지!"

"나와 우리 부대 후임들의 사기 충전을 위해서 말이지."

승호의 표정이 더없이 진지했기에 신지혜도 덩달아 긴장을 했다.

"너랑 멤버들 교복 입은 사진이랑 네 핸드폰에 있는 어울림 언니들 사진 좀 인쇄해서 보내주라."

"……."

"허락한 거지?"

"아니? 이 변태야! 어떻게 진지한 게 매번 10분을 안 가냐!"

신지혜가 빽 소리를 지르며 피자를 집어 들었다. 승호가 서둘러 면회실 문 쪽을 향해 도망을 치기 시작했다.

*　　　*　　　*

"이승호! 이승호!"

"이 병장님! 사랑합니다!"

토요일의 한가한 생활관 안에서 승호의 이름이 연신 울려 퍼졌다.

"나도 다 알아. 워워~"

승호가 손을 휘휘 내저으며 한껏 거만한 표정을 했다.

"어쩜 저렇게 고우시지?"

"이 병장님! 감사합니다! 감사합니다!"

새카맣게 탄 빡빡머리의 군인들이 '소녀혁명' 멤버들을 보며 더없이 행복해하고 있었다. 수줍은 소년들처럼 신지혜와 멤버들의 뒤를 졸졸 따라오기까지 했다.

"후후. 봤냐? 이 병장의 사회적 지위를?"

승호가 만족스러운 미소를 머금고 있었다.

"지위 좋아하네. 동생이랑 동생 친구들 팔아먹어서 좋아?"

어깨에 힘이 잔뜩 들어간 승호를 보며 신지혜가 혀를 찼다. 승호가 신지혜를 확 돌아보았다.

"팔아먹다니? 말이 심한걸? 카나, 네가 내 깊은 뜻 좀 설명해 봐."

"네~ 지금 우리는 대한민국 해병대의 사기를 드높이고 있는 중대한 임무를 수행 중입니다! 히나?"

"충성……."

히나가 어설프게나마 경례를 했다.

"와아아!"

군인 말투를 따라하는 카나와 경례까지 하는 히나를 향해 군인들의 격렬한 환호가 쏟아졌다. 쌍둥이 자매가 헤헤 웃으며 만족해했다.

순식간에 스포트라이트가 쌍둥이 자매에게로 쏟아지자 오수정과 성희연은 묘한 소외감을 느꼈다. 결국 오수정이 큰 눈을 깜빡거리며 입을 열었다.

"우리 큰오빠도 군인이거든요? 오빠 생각난다. 군인 오빠들도 힘내세요!"

"와아아!"

오수정에게도 열렬한 환호가 쏟아졌다. 군인 오빠를 둔 여동생. 군인들에게 충분히 호응을 받을 만했다.

성희연의 눈썹이 꿈틀거렸다. 질 수 없었다. 성희연도 질세라 입을 열었다.

"저희 아버지가 대령이시거든요? 군인의 딸 성희연입니다! 충성!"

군인의 딸답게 각이 제대로 잡혀 있는 성희연이었다. 성희연이 쌍둥이 자매와 오수정을 향해 의기양양하게 웃어 보였다.

"……."

"……."

하지만 기대와 다르게 갑자기 분위기가 싸해졌다. 열렬한 환호를 기대했건만 군인들이 머뭇거리는 게 눈에 보였다.

"뭐, 뭐지? 군인 오빠들? 저기요?"

성희연이 당황스러워했다. 승호가 성희연의 어깨를 다독여 주었다.

"사병들은 말이지. 간부들이나 윗대가리들을 좋아하지 않아. 높으신 분들 만나는 날이면 부대 근처 잡초란 잡초는 다 뽑아야 하거든."

"넌, 안 돼."

신지혜의 입꼬리가 올라갔다. 성희연이 신지혜를 홱 쳐다보았다.

"너라고 뭐 다를 줄 알아? 싸가지가 바가지면서."

"잘 봐. 오빠, 모자 좀 빌려줘."

말이 끝나기가 무섭게 신지혜의 손이 승호의 군모를 낚아챘다. 군모를 쓴 신지혜가 군인 한 명이 들고 있던 축구공을 가리켰다.

　"여, 여기 있습니다! 지혜 님."

　군인이 공손하게 두 손으로 축구공을 내밀었다. 신지혜가 축구공 위에 발을 올린 채로 군인들을 쳐다보았다.

　"지혜랑 축구하실 군인 오빠 손?"

　"……."

　신지혜의 한마디에 부대 복도가 순간 정적에 휩싸였다.

　"이 분위기 어쩔 거야?"

　성희연이 신지혜를 보며 그럼 그렇지, 쯧쯧 혀를 찼다. 이 더운 날에 축구라니 이해가 되지 않았다.

　"와아아! 신지혜 만세!"

　"지혜 히메! 지혜 히메!"

　그 순간 그 어느 때보다도 뜨거운 함성이 터졌다. 군인들이 서로 얼싸안고 난리가 났다. 신지혜가 성희연의 어깨를 두들기며 한껏 도도한 표정을 했다.

　"넌 멀었어. 내가 오빠들 면회를 얼마나 다녔는지 알아? 먼저 간다? 오빠들! 가요!"

　신지혜가 연병장으로 달려갔다. 신지혜를 따라서 군인들도 우르르 연병장으로 몰려가기 시작했다.

성희연이 황당해했다.

"쟤 뭐야? 대체?"

"너구리가 여우한테 또 졌네?"

오수정이 작게 웃었다. 성희연의 얼굴이 붉어졌다.

"지혜, 멋있어……."

히나가 몽롱한 눈동자로 신지혜의 뒷모습에서 눈을 떼지 못했다.

"군인은 축구를 좋아하는구나."

카나도 뭔가 배웠다는 듯 중얼거렸다.

"그럼 축구 한판 하러 갈까?"

"오빠, 허리 괜찮아요?"

오수정이 걱정스레 물었다. 성희연도 덩달아 걱정을 했다. 승호가 한숨을 내쉬었다.

"어쩌다 내가 허리의 아이콘이 된 건지 모르겠는데, 이제 멀쩡하다니까? 너희들까지 잔소리하지 마라. 지혜 하나만으로도 충분하니까."

그렇게 말하곤 승호가 연병장으로 달려갔다.

"우리도 축구하자!"

카나도 히나와 오수정의 손을 잡고는 연병장으로 향했다. 성희연이 뚱한 표정을 하다 이내 결심을 했다.

"대령 딸의 축구 실력을 보여주마!"

　　　　＊　　　　＊　　　　＊

　"후우~"

　연병장 계단에 앉아 승호가 숨을 골랐다. 연병장에서는 기이한 축구 경기가 펼쳐지고 있었다. 군인들과 '소녀혁명' 멤버들과의 축구 시합이었는데, 군인들 중 그 누구도 제대로 된 실력을 발휘하지 않고 있었다.

　"오수정!"

　"응!"

　신지혜의 어설픈 패스가 오수정에게로 향했다. 축구공을 받은 오수정이 크게 헛발질을 했다.

　"으갸갸!"

　괴상한 소리와 함께 오수정이 얼굴을 가린 채로 바닥에 주저 앉아버렸다. 여기저기서 군인들의 폭소가 터졌다.

　"이얏!"

　카나가 힘차게 달려와 축구공을 찼다. 있는 힘껏 찬 것과 다르게 축구공이 데굴데굴, 골대로 기어갔다.

　"야? 너희들 뭐 하냐? 막아야지!"

　승호가 두 손을 모아 소리를 질렀다.

　"조용히해!"

신지혜의 앙칼진 목소리와 함께 '소녀혁명' 멤버들의 날카로운 시선이 승호에게 쏟아졌다. 군인들도 그저 행복한 표정들로 서 있기만 했다. 결국 축구공이 골대 안으로 들어갔다.

"들어갔다!"

"꺅!"

신지혜와 멤버들이 서로를 얼싸안은 채 방방 뛰기 시작했다. 골을 먹었건만 군인들도 흐뭇한 미소를 짓고 있었다.

"저 자식들이 여자에 눈이 멀었네."

승호가 고개를 저으며 계단에 앉았지만 표정만큼은 밝았다. 승호가 연병장을 바라보고 있는 백지윤에게 말을 걸었다.

"지윤 씨, 이제 슬슬 아이들 데리고 가봐야 하지 않아요? 벌써 12시인데요?"

첫 생방 데뷔가 바로 오늘이었다. 승호는 내심 걱정이 되었다.

"애들이 너무 좋아하는 거 같아서요. 발걸음이 떨어지지 않아요."

백지윤의 대답에 승호가 고개를 끄덕거렸다.

"그렇긴 하네요. 그래도 앞으로는 지혜 데리고 면회 오지 마세요."

"네? 승호 씨?"

백지윤이 깜짝 놀라 승호를 쳐다보았다. 승호의 표정이 그 어느 때보다도 무거워 보였다.

"회장님이 미국에 계시는 동안 지혜가 친오빠처럼 승호 씨를 많이 의지했잖아요. 앞으로도 힘든 일이 많을 텐데… 승호 씨가 없으면."

"내 말이 무슨 뜻인지 알잖아요, 지윤 씨도."

"……."

백지윤이 푹 고개를 숙였다.

대중들에게 승호의 이미지가 너무 좋지 못했다. 바람둥이 난봉꾼에 클럽 폭행 사건까지 겹쳐 최악의 연예인으로 낙인이 찍혀 있었다. 갓 보이스의 해체에 지대한 공을 세웠기에 팬덤도 등을 돌린 지 오래였다.

"지혜는 이제 시작이에요. 앞날도 무궁무진하죠. 어쩌면 송지유보다도 크게 될 아이고요. 나랑 계속해서 엮여야 되겠어요? 오빠가 동생 앞길을 막을 수는 없는 법이잖아요."

"승호 씨……."

"뭘 그렇게 불쌍하게 쳐다보세요? 괜찮아요. 그리고 잘나가는 휘도 있고, 더블 J 그 자식도 있고 뭐, 민우도 있잖아요."

승호가 다른 멤버들을 거론했다. 다른 멤버들 역시 오랜 시간 동안 신지혜를 지켜봐 왔다. 백지윤이 고개를 저었다.

"지혜는요. 그래도 승호 씨가 가장 신경이 쓰인대요."

"가장 못난 오빠라서 그런 거죠 다. 이제는 17살짜리한테

보호받는 신세라니… 천하의 승호 많이 죽었다, 하하."

승호가 길게 한숨을 내쉬었다. 백지윤이 또 고개를 저었다.

"아니예요. 지혜가 힘든 시기를 보냈을 때, 승호 씨가 옆에서 붙잡아 줬잖아요. 일도 잘 못하고 엉망이지만 저도 알 건 알아요."

현우와 송지유가 미국으로 도망치듯 떠났을 때, 때 이른 사춘기를 맞았던 신지혜였다. 엇나가던 신지혜를 붙잡아준 건 아이러니하게도 승호였다.

"그때 승호 씨가 곁에 없었으면 지혜가 저렇게 잘 자라지 못했을 거예요."

"너무 비행기 띄워주시는데요?"

"진심이에요. 처음에는 오해도 했어요."

"오해요?"

곰곰이 생각하던 승호가 화들짝 놀랐다.

"내가 나쁜 놈이긴 한데, 쓰레기는 아닙니다! 진짜 친동생처럼 생각하는 거라니까요?! 억울하네! 억울해!"

하소연을 하는 승호를 보며 백지윤이 미안해했다.

"네. 오해였어요. 미안해요, 승호 씨."

"그렇다면야 뭐."

"근데 말이에요. 다른 멤버분들도 그렇지만 승호 씨는 왜 그렇게 지혜한테 잘해주시는 거예요? 물어봐도 될까요?"

백지윤의 질문에 승호가 머뭇거렸다.

"곤란하시면 대답 안 하셔도 됩니다."

"아뇨… 생각 좀 하느라고. 음… 제가 좋아하는 영화 대사인데, 정확하지는 않지만 어둠 속에 있는 자가 어둠을 제일 잘 안다고 하더라고요. 이게 맞나? 어쨌든 그냥 어렸을 적 제 모습을 보는 것 같아서요. 뭐 누구나 그런 거 있잖아요? 나랑 비슷한 사람 보면 괜히 더 생각나고 신경 쓰이고 그러는 거."

장황한 설명을 늘어놓곤 승호가 어색하게 웃었다. 백지윤이 그런 승호를 보며 짧은 한숨을 내쉬었다.

"승호 씨는 좋은 사람 같아요. 이런 면을 많은 사람들이 알아주면 좋을 텐데."

"말이라도 고맙습니다."

그렇게 말하곤 승호가 자리를 털고 일어났다.

와아아! 때마침 또 함성이 터져 나왔다. 이번에는 성희연의 패스를 받아 신지혜가 골을 넣은 것이었다.

"오빠! 나 골 넣었어!"

신지혜가 승호를 향해 손을 흔들며 소리쳤다. 승호도 열심히 손을 흔들어주었다. 백지윤도 그 옆에서 열심히 손을 흔들었다.

"승호 씨도 잘 풀릴 거라고 믿어요."

"전 이제 연예계에는 큰 미련 없어요. 그러니 괜찮습니다."

"누구 마음대로 미련이 없어, 이 자식아?"

문득 들려오는 목소리에 승호가 고개를 돌렸다. 영혼의 단짝인 더블 J가 보였다.

"햄버거 왔냐?"

"말 똑바로 해라. 더블 불고기 햄버거 아니었나?"

휘가 싱긋 웃으며 말을 보탰다.

"미친놈들."

더블 J가 고개를 저었지만 싫지는 않은 표정이었다.

"승호 형, 지혜가 여기 왔으면 적어도 저한테는 연락을 했어야죠? 어울림에서 우리들한테 다 연락 돌리고 난리였다고요! 아우, 진짜!"

투 킬이 승호를 보며 열을 냈다. 승호가 동생이지만 형 같은 투 킬을 보며 씩 웃었다.

"형 보자마자 잔소리냐?"

"형은 진짜……. 됐어요, 말을 말죠."

"야, 넌 뭐. …됐어, 자식아."

더블 J가 사뭇 진지한 표정을 했다. 승호가 멈칫했다.

"뭐? 내가 뭐? 인마?"

"왜 데뷔를 앞둔 지혜를 납치해?"

"납치? 햄버거, 너 상했냐?"

"뭐래? 햄버거는 절대 안 상해."

"근데 왜 헛소리야?"

더블 J가 대답 대신 어깨를 으쓱한 다음 옆으로 비켰다.

"잘 지냈지, 승호야?"

"……."

승호가 그대로 굳어버렸다. 어울림의 수장인 그 남자가 등장했기 때문이었다.

"회, 회, 회, 회장님! …잘못했어요! 다 제 잘못이에요! 지혜가 꼬드기긴 했는데, 잠깐 다녀오자고 해서 제가 독단적으로!"

백지윤이 그대로 주저앉아 두 손을 모아 싹싹 빌기 시작했다. 어느새 나타난 김철용이 그런 백지윤을 내려다보았다.

"오늘 무슨 날입니까, 백 매니저?"

"오, 오늘요? 우리 소녀혁명 첫 생방 데뷔 날요?"

"아닙니다."

김철용이 고개를 저었다.

"네?"

백지윤이 눈을 동그랗게 떴다.

"오늘이 백 매니저 제삿날입니다, 제삿날!"

"티, 팀장님!"

"시말서 준비하십시오. 각오하는 게 좋을 겁니다!"

김철용은 단호했다. 백지윤의 얼굴이 어두워졌다.

"철용아, 그만하자."

"형님?! 하마터면 큰일이 날 뻔했습니다!"

김철용이 이해가 가지 않는다는 얼굴로 현우를 처다보았다. 현우가 고개를 저으며 백지윤을 일으켜 세웠다.

"저기 한번 봐봐."

아직까지도 씩씩거리고 있는 김철용에게 현우가 말했다.

김철용이 연병장을 처다보았다. 신지혜와 성희연, 오수정, 카나, 하나 자매가 군인들과 어울려 축구 경기를 펼치고 있었다.

실력도 엉망진창이고 군인들도 대충대충 뛰며 봐주고 있었다. 하지만 화가 나 있던 김철용의 얼굴이 서서히 현우처럼 부드러워졌다.

신지혜와 '소녀혁명' 멤버들이 정말로 즐거워하고 있었다. 고된 연습 기간 때는 볼 수 없었던 그런 해맑은 표정들이었다.

현우가 김철용의 어깨에 손을 둘렀다.

"철용아."

"예, 형님."

"네가 우리 어울림에 입사했을 때 했던 말이 뭐였지?"

"……."

김철용은 아차 싶었다.

어울림 초장기에 면접을 보러왔던 김철용에게 날아온 질문은 경력이나 학력, 토익 같은 수치들 따위가 아니었다. '소속 연예인이 비밀 연애를 한다면, 혹은 일탈을 한다면 매니저로 서 어떻게 할 것인가?'하는 질문이었다.

"넌 뭐라고 대답을 했더라?"

"…연예인도 인간이다. 그러니까 매니저로서 최대한 지켜주 겠다… 라고 했었습니다."

"그래. 그래서 우리 어울림은 널 선택했다. 항상 초심을 잃 지 마."

현우가 빙그레 웃으며 김철용의 어깨를 다독였다. 거의 울 뻔했던 백지윤도 현우를 보며 고개를 조아렸다.

"회, 회장님, 감사합니다! 앞으로 다시는 이런 일 없도록 하 겠습니다!"

"괜찮아요. 다만 앞으로는 내가 수습 가능한 범위 내에서만 움직여 주세요. 그리고 내 번호 알잖아요. 나한테라도 연락을 해줘요."

"네에? 네!"

백지윤이 씩씩하게 대답을 했다.

"역시 내 형이다."

더블 J가 중얼거렸다. 휘가 픽 웃었다.

"현우 형님이 왜 네 형이야?"

"뭐?"

"네 형이 아니고 우리 형이지."

"맞지. 우리 형이지."

더블 J와 휘가 죽이 맞아 서로를 보며 웃었다. 그러다 더블 J가 투 킬을 쳐다보았다.

"민우, 넌 뭐 하냐?"

"메모요."

"메모?"

"네. 현우 형님이 남긴 명언이요."

"민우는 진짜다, 야."

더블 J가 휘를 툭 치며 말했다.

해체 후에도 여전한 갓 보이스 멤버들을 보며 현우가 피식 웃었다. 그러다 이번에는 현우의 시선이 승호에게로 향했다.

"……."

승호가 미안한 마음에 머리를 긁적였다. 어쨌든 신지혜와 '소녀혁명' 멤버들이 첫 데뷔 무대를 앞두고 이곳에 온 건 사실이었기 때문이었다.

"죄송합니다, 형."

"군대에 있는 네가 무슨 죄야? 지혜 비위 맞추느라 고생이지."

"딱히 뭐 맞추기 어렵지도 않아요."

"그래? 그럼 다행이네. 군 생활은 할 만하고?"

"말뚝 박으려고 고민 중이에요."

"하하! 정말?"

현우가 승호를 보며 크게 웃었다. 그때, 신지혜의 주먹이 승호의 허리에 꽂혔다.

"악! 너 허리 쳤냐?"

"내가 군대 말뚝 박는다는 소리하면 허리에 말뚝 박는다고 했지?!"

"야! 그렇다고 진짜로 치냐?"

"살짝 건드리기만 했어! 엄살은 정말! 삼촌!"

신지혜가 현우의 품에 안겨들었다.

"삼촌, 화 안 낼 거지? 그렇지? 그런 거지?"

똘망똘망한 눈동자가 현우를 올려다보았다. 현우가 쓰게 웃었다. 어렸을 적 모습이 생각나 도저히 화를 낼 수가 없었다.

"그래. 대신 이번 한 번만이다?"

"웅! 웅! 웅! 지혜 약속!"

"······."

"······."

애교가 잔뜩 묻어나는 콧소리에 '소녀혁명' 멤버들이 할 말을 잃어버렸다.

"아우~ 저 폭스."

성희연이 치를 떨었다.

"어? 오빠들도 왔네?"

신지혜의 얼굴에 미소가 번졌다.

오랜만에 승호와 함께 갓 보이스 멤버들이 한자리에 모였기 때문이었다. 신지혜가 차례차례 갓 보이스 멤버들과 포옹을 나누었다. 그리고 그 모습을 소녀혁명 멤버들이 부러운 듯이 쳐다보고 있었다.

"승호야, 전역이 얼마나 남았지?"

"66일 정도요?"

"뒤에 6이 하나 아쉽네."

"햄버거 너는 조용히 해라."

더블 J의 빈정거림에 승호가 인상을 썼다.

"하필 저 녀석 군대 갈 때 기간이 단축이 되냐고."

휘도 승호를 놀렸다. 현우가 하하 웃다가 다시 입을 열었다.

"남은 군 생활 마무리 잘하고, 전역하면 멤버들이랑 다 같이 형부터 찾아와라."

"네?"

승호가 현우의 말뜻을 이해하지 못했다. 신지혜의 눈동자가 왕방울만 해졌다. 그리고 작은 얼굴에 환한 미소가 번져갔다.

"삼촌! 따랑해!"

신지혜가 또 현우의 목으로 매달렸다. 휘가 그 모습을 보며 황급히 입을 열었다.

"그럼 이쯤에서 인기투표 한번 갑시다. 지혜야, 이승호 대 김현우?"

"당연히 김현우지!"

일말의 망설임도 없이 신지혜가 대답을 했다.

"뭐, 현우 형이면 당연한 거지."

살짝 기대를 했던 승호가 순순히 수긍을 했다. 김현우, 같은 남자가 봐도 넘사벽인 존재였다.

"자, 그럼 다음 가볼까?"

승호가 자신만만해했다.

"그냥 여기까지 하자."

휘가 인기투표를 급종료해 버렸다. 그리고는 승호의 허리를 툭, 치며 싱긋 웃었다.

"와? 휘, 이 나쁜 놈아? 날 이렇게 물을 먹여?"

승호가 황당해했다.

*   *   *

주말 저녁의 생활관, 승호와 빡빡머리 군인들이 TV 앞에 모두 모여 있었다. '소녀혁명' 멤버들의 사진으로 도배가 된 생활관 안에 기이한 열기가 느껴졌다.

"1번."

"예! 이 병장님! 1번!"

풋풋한 이등병이 정중한 자세로 앉아 승호의 어깨를 주무르기 시작했다.

"좋아. 아주 좋아. 김 상병아, 2번 대령해라."

"예! 2번 갑니다! 2번!"

후임들이 일제히 승호를 향해 부채질을 시작했다. 신지혜와 '소녀혁명'이 다녀간 후 모든 후임들과 동기들이 승호의 말 한마디에 절대 복종을 하고 있었다.

그리고 TV 화면에선 아이돌 MC들의 장황한 소개와 함께 '소녀혁명'의 무대 차례가 다가오기 시작했다.

"나, 나옵니다! 우리 소녀혁명 나옵니다!"

"지혜다!"

"지혜다? 지혜가 네 친구야, 김 상병아?"

"시정하겠습니다! 지혜 님입니다!"

"좋아. 다들 편하게 시청."

승호를 비롯해 동기들과 후임들이 숨을 죽이며 TV 속에 시선을 모았다.

[대한민국을 발칵 뒤집어 버린 다섯 명의 소녀들이 드디어

오늘! 우리 음악캠프에서 베일을 벗습니다! 그렇죠, 아영 씨?]

[네! 그렇습니다! 대한민국 최고의 엔터테인먼트 어울림에서 새롭게 선보이는 다섯 소녀들입니다! 대한민국의 혁명! 가요계의 혁명! 소녀혁명!]

와아아! 엄청난 함성 소리와 함께 특설 무대가 나타났다. 소녀혁명을 상징하는 다섯 개의 분홍색 깃발이 특설 무대 위에서 펄럭였다.

무대가 하늘로 치솟으며 분홍색 안개가 걷혔다.

그리고 다섯 명의 소녀들이 일제히 등장했다. 락 사운드를 기반으로 한 강렬한 힙합 비트가 무대를 가득 메우기 시작했다.

합쳐서 수억이 넘는 고가의 옷과 액세서리로 꾸며진 화려한 모습의 소녀혁명이 순식간에 무대를 장악해 버렸다.

파워풀하고 절제된 걸스 힙합 댄스에, 세련된 비트, 그리고 소녀혁명 멤버들의 폭발적인 가창력과 비주얼까지 합쳐진 완벽 그 자체의 데뷔 무대였다.

그러다 소녀혁명 멤버들이 약속했던 대로 손가락 하트를 그렸다.

"하트다! 하트다!"

"나한테 쐈어!"

"나야! 나라고!"

생활관이 순식간에 열광의 도가니로 물들었다. 앞뒤 좌우 생활관 할 거 없이 부대 전체가 요동을 치고 있었다.

"……."

오직 승호만이 표정의 변화도 없었고, 별다른 말도 없었다.

"이 병장님, 기쁘지 않으세요?"

후임 한 명이 조심스레 물었다.

그러다 승호의 얼굴을 확인하곤 꾹 입을 다물었다. 늘 장난기 넘치고 유쾌하기만 했던 이승호 병장의 눈동자가 붉어져 있었기 때문이었다.

2장

외전10 — 한국 편Ⅲ

"자, 그럼 이제 가볼까?"

"응!"

"네!"

신지혜의 힘찬 대답과 함께 멤버들 역시 힘차게 대답을 해 왔다.

현우가 빙그레 웃으며 소녀혁명 멤버들을 살펴보았다. 한바 탕 축구 경기를 펼쳐서인지 다들 땀에 절어 있었지만 표정만 큼은 홀가분해 보였다.

"지윤 씨?"

"네! 회장님!"

백지윤의 손이 분주해졌다. 수건으로 소녀혁명 멤버들의 땀을 손수 닦아주기 시작했다. 현우가 승호와 멤버들을 쳐다보았다.

"승호도 그렇고 다들 오랜만에 만나서 좋았다. 승호 전역하면 형들이랑 술 한잔하자."

"네, 형. 비싼 거 사주세요."

"당연하지."

현우가 승호의 어깨를 두들겼다.

"지혜 데뷔 무대 보고선 우는 건 아니지?"

"제가요? 천하의 승호가요? 에이, 형! 그럴 리가요."

승호가 강하게 부인을 했다. 현우가 씩 웃었다.

"왜? 난 눈물 날 거 같은데?"

"……."

"아무튼 전역만 무사히 해라."

현우가 승호의 눈을 마주 보며 다시 한번 말했다. 현우가 했던 약속은 보통 약속이 아니었다.

어쩌면 승호와 다른 멤버들의 운명이 걸린 그런 중대한 일이었다.

승호가 꾸벅 고개를 숙였다. 다른 멤버들도 마찬가지였다.

"감사합니다, 형."

"그래. 지혜랑 작별 인사는 해야 하지 않겠어?"

현우가 자리를 비켜주었다.

"이런 분위기 어색해. 오빠랑 하나도 안 어울려."

신지혜의 툴툴거림에 승호가 픽 웃었다.

"나도 닭살 돋아 죽을 것 같다. 긴말 안 해. 잘할 수 있지?"

"당연하지. 내가 누군데."

"그래. 그럼 이제 진짜 가."

"응. 부대에서 꼭 봐? 응원도 하고?"

"아예 독후감을 쓰라고 해라."

"그것도 좋고. 아무튼 꼭 보라고!"

신신당부에 승호가 또 픽 웃었다.

"오빠들도 잘 놀다 가. 그리고 또 싸우지들 말고! 걸리면 죽는다?"

"우리가 애냐, 싸우게?"

"승호, 저 자식만 아니면 우린 싸울 일 없어."

"모든 원흉은 승호랑 더블 불고기 저놈들이라니까?"

"아? 그러셔서 주먹다짐까지 하셨어요? 또 싸워봐, 진짜."

신지혜의 엄포에 승호와 멤버들이 겸연쩍어했다. 몇 년 전 해체 문제 때문에 크게 다툰 적이 있었기 때문이다.

빵빵! 경적이 울렸다.

"갈게."

아쉬움이 가득했지만 다음 만남을 기약하며 소녀혁명 멤버들이 분홍색 스프린터 위에 올라탔다.

*   *   *

드르륵, 스프린터가 군부대 입구를 나오자마자 슈트 안 주머니에서 핸드폰이 울려댔다. 현우가 얼굴을 구기며 핸드폰을 꺼내 들었다.

"삼촌? 태명 삼촌이야?"

"응. 태명이네."

"우린 죽었다."

신지혜의 작은 얼굴도 덩달아 구겨졌다. 현우도 쓰게 웃으며 통화 버튼을 눌렀다.

―오고 있는 거야?

"응. 방금 출발했다."

―방금? 방금이라고, 이 자식아? 생방까지 4시간 남았어! 지금 장난해?! 아이들 잡아오라고 보냈더니 같이 면회를 하다가 와?

"아, 그게 말이지."

현우가 말끝을 흐리며 곤란해했다.

사장에게 혼나고 있는 회장이라니, 어울림에 합류한 지 얼마 되지 않은 쌍둥이 자매가 신기한 표정을 했다.

성희연이 조용히 속삭였다.

"잘 들어. 우리 회사 시열 1위는 사실 송지유 선배님이야. 그다음이 사장님, 그리고 세 번째가 우리 회장님일걸?"

"바지 회장."

"허수아비."

쌍둥이 자매의 연이은 연타에 현우가 쓴웃음을 머금었다.

그사이 잔소리는 계속해서 이어지고 있었다.

―차라리 너는 미국에 있는 게 낫다. 떨어져 있는 게 낫다고!

"빨리 가면 시간 맞출 수 있다니까? 넌 왜 갈수록 빡빡해지는 거야? 피곤하게?"

―내가 누구 때문에 이러는 건데? 다 너 때문 아니야?

"그만하자. 이제."

―뭘 그만해? 또 말 돌려?

"내가 언제?"

―넌 항상 그런 식이야.

기묘한 전화 통화에 스프린터 안이 고요했다.

"……."

"……."

쌍둥이 자매가 현우를 이상한 눈동자로 쳐다보고 있었다.
오수정이 어색한 얼굴로 쌍둥이 자매에게 속삭였다.

"얘, 애들아? 그, 그렇고 그런 사이가 아니라… 원래 두 분
이서 저러셔. 친, 친해서?"

"확실해?"

"확실해?"

쌍둥이 자매가 동시에 물었다.

"아, 아마도?"

오수정이 자신 없이 대답을 했다.

그사이 통화는 계속되고 있었다.

"내가 아이들 데리고 회사로 가서 준비시키고 할 테니까, 넌
매니지먼트 3팀 인원들이랑 먼저 방송국 가 있어라. 준비 좀
더 해놔."

―후우, 그렇지 않아도 그럴 생각이었어. 알았으니까 지혜
바꿔.

"지, 지혜 자는데?"

―자? 헛소리할래? 네 옆에 딱 붙어서 통화 엿듣고 있는 거
안 봐도 비디오야, 이 자식아!

"혹시… 지금 우리 보고 있냐?"

소름이 돋아 현우가 스프린터 내부를 살펴보았다.

손태명 말대로 신지혜가 옆에 꼭 붙어서 통화를 엿듣고 있었다.

―어설프게 감쌀 생각 말고, 얼른 바꿔!

"후우. 태명 삼촌이다, 지혜야."

현우가 어쩔 수 없이 핸드폰을 내밀었다. 신지혜가 핸드폰을 받아 들었다.

―야! 이 김현우 같은 녀석아!

"왜 욕을 해?!"

신지혜도 물러서지 않았다.

"현우 삼촌이 괜찮다고 했거든!"

―너 끝까지 그렇게 나올 거지?

핸드폰 너머 손태명의 목소리가 서늘했다. 현우가 서둘러 신지혜를 향해 고개를 저어 보였다. 신지혜도 강력하게 고개를 저어 보였다.

"늦지 않게 가면 되잖아!"

―이게 반성도 안 하고? 너 요즘 또 왜 이래? 현우 왔다고 현우 믿고 그러는 거야?

"……."

신지혜도 딱히 부인을 하지는 않았다.

―너 용돈 동결이다.

"모아놓은 용돈 있어."

―아빠랑 엄마한테도 이를 거다.

"엄마한테 좀 혼나고 말지 뭐."

―지유한테 전화한다?

"…미안, 태명 삼촌. 잘못했어."

신지혜가 곧장 여우 꼬리를 내렸다. 어렸을 적부터 송지유를 유난히 잘 따르고 동경하던 신지혜였다. 송지유의 말이라면 절대적이었다.

―그래. 이번 한 번만이야. 오늘부터는 소녀혁명 멤버답게 굴자. 알았지?

신지혜가 잘못을 시인하자 손태명의 목소리도 그새 부드러워졌다.

"웅! 늦지 않게 갈게! 그리고 오늘 컨디션 최고야! 그렇지, 애들아?"

"컨디션 최고예요, 사장님!"

"최고! 최고!"

성희연과 멤버들도 핸드폰에다 대고 목소리를 보탰다.

―좋아. 다들 빨리 오고 너희 회장님 바꿔줄래?

"웅. 나야."

―가급적이면 서둘러라.

"알았어. 최대한 빨리 갈게."

―끊는다.

툭, 통화가 끊겼다.

현우가 김철용을 쳐다보며 말했다.

"철용아, 밟을 수 있을 만큼 밟아라."

"예! 현우 형님!"

"규정 속도는 지키고."

"그럼요! 그럼 갑니다!"

부앙! 분홍색 스프린터가 빠르게 서울로 향하기 시작했다.

＊　　　＊　　　＊

생방송 50분을 남겨놓고 MBS 공개 홀에 분홍색 스프린터
가 들어섰다.

와아아! 분홍색 깃발의 물결이 소녀혁명을 격하게 반기고
있었다.

"와아~ 저기 봐봐! 우린 팬인가 봐!"

오수정이 행복한 미소를 머금었다.

"우리 팬이래."

"그러네."

신지혜도, 성희연도, 쌍둥이 자매도 창문에 붙어 시선을 떼
지 못했다. 고된 연습 기간 동안 겪었던 고통과 인내의 시간

들이 한 번에 보상을 받는 것 같은 기분이 들었다.

"지윤 씨?"

"네! 회장님!"

시간이 촉박했지만 어울림의 전통을 무시할 수는 없었다. 백지윤이 서둘러 분홍색 확성기를 하나씩 소녀혁명 멤버들에게 나누어주었다.

"자, 그러면 팬들 조련 실력 좀 볼까?"

어울림에서 팬 조련 하면 송지유와 엘시가 유독 유명했다. 김철용이 씩 웃으며 창문을 반쯤 내렸다.

"소녀혁명이다!"

"지혜 히메! 지혜 히메!"

"성연아! 여기 좀 봐봐!"

"우유 빛깔! 크리스탈!"

"카나짱! 히나짱!"

곳곳에서 팬들의 환호가 들려왔다. 신지혜와 멤버들이 창밖을 내다보며 입을 모아 소리쳤다.

"안녕하세요! 다섯 소녀들의 혁명! 소녀혁명입니다!"

"와아아!"

함성이 절정에 달했다.

팬들이긴 했지만 이렇게 가까이서 소녀혁명 멤버들을 보게 되 건 처음이었기 때문이었다. 뜨거운 열기와 함께 분홍색 깃발들이 연신 펄럭였다.

"조심하세요!"

"그쪽 학생! 넘어집니다!"

방송국 스태프들과 어울림 직원들은 그런 팬들을 막느라 정신이 없었다.

그때였다. 쌍둥이 자매가 이마를 맞대더니 휙 고개를 돌리며 각자 손을 뻗어 팬들을 가리켰다.

"너흴 우리가 갖겠어!"

"너흴 우리가 갖겠어!"

만화 속 한 장면 같은 모습이었다. 사전에 팬들을 위해 준비해 온 퍼포먼스였다. 느닷없긴 했지만 팬들의 반응은 폭발적이었다.

"카나 예쁘다!"

"카나, 히나 최고야! 사랑해!"

쌍둥이 자매가 서로를 보며 만족스러워했다. 성희연과 오수정이 멍한 표정을 했다.

사전에 말도 없이 이런 퍼포먼스를 준비해 오다니, 뒤통수를 맞은 것 같았다.

마음이 급해진 오수정이 팬들을 향해 볼을 부풀렸다.

"여러분~ 수정이도 왔도요!"

"……."

되도 않는 애교에 갑자기 분위기가 싸해졌다.

"너 왜 우리 데뷔 무대 망쳐? 오수정?"

성희연의 일갈에 곳곳에서 웃음이 터졌다. 충격에 한쪽 팔꿈치를 기대고 있던 오수정이 삐끗했다.

"으갸갸!"

"오수정!"

운동신경이 좋은 성희연이 다급히 오수정의 상체를 뒤에서 붙잡았다. 바람 빠진 풍선처럼 오수정이 두 팔을 휘저으며 허우적거렸다.

"하하하!"

"진짜 귀엽다!"

"저 둘 진짜 재밌어!"

"성연이 리더답다! 멋있어!"

여기저기서 웃음이 터졌다.

오수정 덕분에 졸지에 팬들의 관심을 받게 된 성희연이 신지혜를 보며 어깨를 으쓱했다.

"봤어?"

"뭐?"

"이 몸의 위엄을 봤냐고, 폭스야."

"위엄? 내가 진짜 위엄을 보여줄게."

사악한 미소를 짓던 신지혜가 창문 밖으로 얼굴을 드러내었다.

순간 신지혜의 표정이 확 변했다.

청순 그 자체, 도도함 그 자체로 변신을 한 신지혜가 상냥한 미소를 머금었다.

"안녕하세요? 지혜예요. 잘들 지내셨죠? 오늘 여러분들을 만나게 되어서 너무 행복해요."

싱그러운 목소리까지, 그야말로 딴사람이 되어 있었다. 그런 다음에는 신지혜가 기다란 머리카락을 귀 뒤로 쓸어 넘겼다.

"……."

"……."

팬들이 몽롱한 표정을 지었다.

3년 동안 꽁꽁 숨어 있던 신지혜가 포텐이 터져서 나타나 있었다.

"미모 미쳤다!"

"진짜 공주다! 미쳤어!"

여기저기서 신지혜의 조련에 눈이 돌아간 팬들이 보였다. 그야말로 찰나의 순간에 신지혜가 팬들에게 큰 인상을 남긴 것이었다.

"조금 이따가 봐요! 우리!"

마무리는 깜찍한 표정이었다. 순식간에 팬들을 조련한 신지혜가 다시 스프린터 안으로 들어왔다. 그러고는 성희연을 보며 입꼬리를 올렸다.

"봤어? 이런 게 위엄이라는 거야, 성희연."

"와? 이거 사기잖아! 이 불여우한테 다 속은 거라고! 팀장님! 다시 창문 내려주세요! 제가 진실을 알려야 해요! 그리고 나도 저런 거 잘할 수 있는데!"

성희연이 억울함에 발을 동동 굴렀다.

"이러다 늦겠다. 다음 기회는 얼마든지 있으니까 그때 희연이도 매력을 보여주면 되지 않을까?"

김철용이 성희연을 달랬다.

"근데 지혜야, 그거 혹시 지유랑 다연이 따라 한 건가?"

현우가 신지혜를 쳐다보며 놀랐다.

얼굴 표정도, 그리고 말투도 꼭 송지유와 엘시를 보는 것만 같았다. 정확히 말을 하자면 팬들을 향한 송지유 특유의 나긋나긋함과 엘시 특유의 통통 튀는 매력을 믹스한 것 같았다.

"응. 지유 언니랑 다연 언니 좀 벤치마킹했어. 어땠어, 삼촌?"

"소름 돋았다. 20살 때 지유랑 작정을 한 다연이를 보는 것 같았어. 후우."

"그럼 성공이네."

신지혜가 만족스러운 미소를 머금었다.

그사이 분홍색 스프린터가 주차장에 세워졌고, 바로 드르륵 문이 열렸다.

문이 열리자마자 손태명과 김은정, 그리고 최영진과 어울림 직원들의 모습이 보였다.

"느긋하게 웃고 있어, 김현우?"

"보자마다 타박이냐?"

"저 형님들! 불꽃 튀는 브로맨스는 여기까지 하시고 서둘러요, 좀!"

이번에 매니지먼트 3팀을 맡게 된 최영진이 울상을 했다. 현우가 그 모습을 보며 피식 웃었다. 어지간히도 급한 모양이었다.

"영진이 울겠다, 현우야."

"오케이. 서두르자."

현우의 말이 떨어지기가 무섭게 매니지먼트 3팀 인력이 소녀혁명 멤버들에게로 다닥다닥 붙기 시작했다.

"자! 갑시다!"

현우가 먼저 앞장을 섰다. 그 뒤로 손태명과 최영진, 김철용 등 어울림 사람들이 뒤따르기 시작했다.

현우 일행이 방송국 대기실로 향하는 복도에 들어섰다. 복도로 들어서자마자 수많은 시선들이 쏟아졌다.

각 기획사 관계자들을 비롯해서 오늘 '음악캠프'에 출연을 하는 모든 가수들이 경외심 어린 시선을 보냈다.

"세상에… 김태식이다."

"태명 선배……."

현우 일행이 걸음을 옮길 때마다 탄성과 함께 사람들이 홍해처럼 좌우로 갈라졌다.

"우리 삼촌들 인기는 여전하네?"

신지혜가 보란 듯이 현우와 손태명의 양팔에 팔짱을 꼈다.

선배 아이돌들의 부러움이 담긴 시선이 신지혜와 멤버들에게로 쏟아졌다.

할리우드를 손아귀에서 쥐락펴락하고 있는 김현우와 함께 지금의 초거대 기획사 어울림의 기반을 쌓은 손태명까지, 한국 연예계에서는 그야말로 전설로 불리는 인물들이었다.

마침내 복도 끝에 소녀혁명의 대기실이 보였다.

송지유부터 시작해서 어울림 소속 아티스트들의 전용 대기실이라고 불리는 그런 곳이었다. 특별한 특혜 따위는 없었다. 하지만 연예계에서 이 대기실을 사용할 권리가 있는 곳은 오직 어울림뿐이라는 불문율이 존재했다.

"자, 들어가자."

늘 그렇듯 현우가 소녀혁명이라고 새겨진 대기실 문을 열었다.

"드디어 우리도."

신지혜와 멤버들이 감격스러운 표정을 했다. 이곳에서 송지유와 i2i, 엘시, 드림걸즈, 전국소녀 등 어울림의 내로라하는 걸 그룹들이 무대에 올랐다.

그리고 이제는 소녀혁명의 차례가 다가왔다.

"자! 20분 내로 끝낼게!"

스타일리스트 1팀 팀장 김은정이 짝! 두 손을 마주치며 전의를 불태웠다.

김은정의 말이 떨어지기가 무섭게 스타일리스트들이 두 명씩 소녀혁명에게로 달라붙었다.

미리 준비해 온 수천만 원 상당의 고가 의상들 수십 벌이 일렬로 쫙 펼쳐졌다. 모두 한국에서는 쉽게 구할 수 없는 명품 브랜드였다. 찬란하게 반짝이는 고가의 액세서리들도 끝도 없이 펼쳐졌다.

"어떻게 입혀야 찍소리들을 못 할까나?"

김은정이 콧노래까지 흥얼거리며 액세서리들을 고르기 시작했다.

"스탠바이 20분 전입니다!"

대기실 문이 열리며 조연출 한 명이 고래고래 소리를 질렀다. 스타일리스트 1팀의 손놀림이 분주해졌다.

"무대 확인하러 가자, 태명아."

"그래."

"다녀올 테니까, 은정아, 부탁한다."

"알았어요!"

현우와 손태명이 야외 특설 무대로 향했다.

어울림 쪽에서 특별히 미국에서 공수해 온 장비들과 장식품이 특설 무대 위에 설치되어 있었다.

특히 눈길을 끄는 것은 보석으로 도배가 된 헬리콥터였다. 보석으로 치장된 커다란 헬리콥터가 특설 무대의 격을 높여주고 있었다.

이미 다른 기획사 관계자들과 가수들이 모두 구경을 나와 있는 상태였다.

"대체 돈을 얼마나 쏟아부은 거지?"

"최소 몇십억은 하지 않을까요?"

"후우, 기가 확 죽는데요?"

기획사 관계자들이 혀를 내둘렀다.

세계적인 탑 아티스트들이 공연에서나 보여줄 법한 무대를 어울림이 선보이고 있었다. 기껏 국내 방송사 생방송을 위해서였다.

"어울림이니까 가능한 일 아니겠어요?"

"아? 마 피디님?"

마소진 피디가 기획사 매니저들에게 가볍게 말을 건넸고

다들 수긍했다. 어울림 엔터테인먼트라면 충분히 가능한 일이라는 생각이 들었기 때문이었다.

＊　　　＊　　　＊

오후 5시 45분, MBS '음악캠프'의 시청률이 치솟고 있었다. 소녀혁명의 생방송 첫 데뷔 무대가 임박해 오고 있었기 때문이었다.

특설 무대 앞으로 모인 울림이들이 숨을 죽이고 있었다. 온라인 쪽 역시 뜨겁게 달아오르고 있었다.

─드디어! 드디어! 소녀혁명 나온다!

─소녀혁명 빨리 나와라! 떨려서 죽겠다! ㅠ

─생각해 보면 어울림 오리지널 그룹은 소녀혁명임. ㄷ

─나, 나온다! 나온다! ㅋㅋ

─어울림이 온다! 소녀혁명이 온다!

아이돌 MC 두 명도 얼굴들이 상기가 되어 있었다.

[대한민국을 발칵 뒤집어 버린 다섯 명의 소녀들이 드디어! 오늘! 우리 음악캠프에서 베일을 벗습니다! 그렇죠? 아영 씨?]

[네! 그렇습니다! 대한민국 최고의 엔터테인먼트 어울림에서 새롭게 선을 보이는 다섯 소녀들입니다! 대한민국의 혁명! 가요계의 혁명! 소녀혁명!]

쿵. 쿵. 808 베이스 소리와 함께 묵직한 비트가 담긴 사운드가 야외 특설 무대 위에 울려 퍼지기 시작했다. 그리고 2층 무대 위에 놓여 있던 보석 헬리콥터가 천천히 1층 무대로 내려오기 시작했다.

헬리콥터가 놓여 있던 2층 무대와 1층 무대가 하나로 합쳐졌다. 뒤이어 분홍색 안개가 사방으로 뿌려졌다. 그 안개 속에서 다섯 개의 분홍색 깃발이 홀로그램으로 펄럭이기 시작했다.

"와아아!"

그 웅장한 모습에 환호성이 터져 나왔다.

분홍빛 안개 속에서 다섯 명의 소녀들이 천천히 걸어 나오기 시작했다.

센터인 신지혜가 들고 있던 분홍색 깃발을 무대 중앙에 꽂았다.

"와아아!"

다시 한번 뜨거운 함성이 울려 퍼졌다.

"쉿."

신지혜가 손가락을 입으로 가져다 대자 팬들이 입을 다물었다.

그사이 인트로 사운드가 흘러나왔다. 분홍색 깃발에 꽂혀 있던 보석 마이크를 신지혜가 뽑아 들고는 머리를 뒤로 쓸어 넘겼다.

그리고 신지혜가 랩을 쏟아내기 시작했다.

모든 준비는 다 끝났고

I'm back in my stage

여전히 인기는 아직 그대로야

역시 팬들밖에 없지

Like 송지유

Like 엘시

Like 이솔

결국 나 이 자리에 섰지

I'm on another level

그쪽이 누군지는 굳이 말 안 해

알아들었으면 그냥 여기서 나가

랩을 쏟아낸 후 신지혜가 피식 도도한 미소를 머금었다. 그 매혹적인 모습에 팬들의 환호가 쏟아졌다.

그리고 랩 가사에 통쾌해했다.

랩 가사 속 그쪽이 누군지는 이미 울림이들이라면 다 알고 있는 사실이었기 때문이었다.

—지혜 히메 세다 ㅋㅋㅋ
—ㅋㅋㅋㅋ 걸 크러쉬 보소 ㅋㅋ
—JG랑 JYB 부들부들 잼 ㅋㅋㅋ
—그쪽은 한 방 세게 맞았네? ㅋㅋㅋ

그리고 오수정이 보석 마이크를 들고는 카메라를 노려보았다. 이윽고 메인 래퍼의 벌스가 쏟아지기 시작했다.

Hey, hater들?
너넨 우리들의 실패를 기다렸지
하지만 너희가 건질 건 질투밖에 없어
너희와 달리 우린 딴 세상 같지
너넨 전부 다 원해
우린 이미 다 있지
과민하게 행동해도 우린 민첩하게 행동하지
네가 사람이라면 우릴 존경해
여기 한국에선 존경은
시기와 질투로 표현되곤 하지 거의 다

현실을 봐 모두가 우릴 동경하지
넌 너희와는 친구 안 해 다 시간 낭비
난 말도 안 놓아
그러니 맘 놓아 *So fuck the hater out there*

메인 래퍼인 오수정의 랩이 속사포처럼 꽂혔다. 그리고 각 커뮤니티가 폭발해 버렸다.

—ㅋㅋㅋㅋㅋㅋㅋ 와, 이건 진짜다! ㅋㅋ

—얜 진짜로 미쳤어 ㅋㅋㅋ

—동안의 암살자 오수정 ㅋㅋ

—'그쪽'은 피가 거꾸로 솟을 듯 ㅋㅋ

—17살짜리들한테 능욕당했다! ㅋㅋ

—가사 죽인다 ㅋㅋㅋ

무대를 지켜보고 있던 손태명이 현우의 어깨를 툭 쳤다. 자꾸만 웃음이 나왔다.

"가사 혹시 네가 썼냐?"

"나? 아니?"

"꼭 네가 쓴 거 같은데?"

"글쎄다."

현우가 그저 빙그레 웃기만 했다. 소녀혁명이 시작부터 가요계에 파란을 일으키고 있었다.

*　　　　*　　　　*

소녀혁명의 Intro 무대가 생방송 무대를 휩쓸고 지나갔다. 다섯 소녀들이 내뱉은 직설적인 가사에 무대를 찾은 팬들을 비롯해 음악캠프를 시청하고 있는 시청자들 역시 한바탕 난리가 난 상황이었다.

그동안 뚜렷한 입장을 내놓지 않고 있던 어울림이 언론 플레이가 아닌 음악으로 제대로 한 방을 먹였기 때문이었다.

─어울림이 어울림 했다!
─어울림이 어울림 했다!2
─특급 사이다다! ㅋㅋㅋ
─십 년 묵은 체증이 내려갔음. 꺽! ㅋㅋ
─이제 타이틀곡 나옴! ㄱㄱ!
─온다! 온다!
─드디어?!

분홍빛 홀로그램으로 가득 찼던 무대가 순식간에 어둠으로 물들었다.

"……."

덩달아 사람들도 숨을 죽였다. 그리고 그 순간 무거운 베이스를 기반으로 한 락 사운드가 깔리며 강렬한 힙합 비트가 무대에 퍼지기 시작했다.

어둠에 잠겨 있던 무대 위로 분홍빛 조명들이 쏟아졌다. 그리고 화려한 무대의상을 차려입은 소녀혁명 멤버들이 안개를 헤치며 나타났다.

일렬로 대형을 잡고 있던 소녀혁명 멤버들이 비트와 함께 좌우로 부채처럼 펼쳐졌다. 그리고 그와 함께 멤버들의 양손에서 분홍빛 안개가 펼쳐지며 홀로그램으로 된 깃발들이 펼쳐졌다.

강렬한 전주와 함께 본토의 힙합 느낌이 물씬 풍기는 칼군무가 펼쳐졌다.

"와아아!"

환상적인 군무와 국내에서는 쉽사리 볼 수 없는 연출에 환호가 쏟아졌다.

Girl's Revolution
귀여운 척 따윈 절대 안 해
웃음 뒤엔 가식 따위 없어
불량스럽지만 한없이 진실한 태도

그게 바로 우리

예쁘장한 다섯 bad girls!

그래 우린 foxy!

소녀혁명의 깃발 아래 모두 꿇어

잘 생각해 이번이 마지막 기회

우린 좀 독해 toxic

우리가 누구라고? 예쁘장한 다섯 bad girls!

그래 우린 Girl's Revolution!

가사에 이어 칼군무가 펼쳐졌다. 17살밖에 되지 않은 어린 소녀들의 무대라 하기엔 무대 장악력이 엄청났다.

평소와 전혀 다른 카리스마 넘치는 모습에 현우도 눈을 뗄 수가 없을 정도였다.

특히 신지혜의 퍼포먼스는 압도적이었다.

신지혜의 표정 하나하나에 매혹당한 팬들이 벌써 수도 없이 많았다.

쿵. 쿵.

808 베이스 소리와 함께 칼군무로 곡이 끝이 났다. 다섯 소녀들이 카메라와 팬들을 바라보며 첫 데뷔 무대도 끝이 났다.

사람들을 한껏 내려다보는 깃 같은 신지혜의 도도한 표정에 많은 팬들이 탄성을 내질렀다.

"지혜가 제법이네. 왠지 저 짤 여기저기에 퍼질 것 같은데?"

현우가 피식 웃었다. 현우 본인과 어울림도 준비를 많이 해 왔지만 신지혜의 노력과 소녀혁명 멤버들의 노력이 헛되지 않았다는 생각이 들었다.

"영진아, 고생했다."

현우가 어깨를 두들겨 주었다. 신설된 매니지먼트 3팀의 책임자로서 그간 최영진의 마음고생이 심했다는 것을 잘 알고 있었다.

"형님들!"

성공적인 소녀혁명의 첫 데뷔 무대에 감동을 한 최영진이 현우와 손태명을 동시에 와락 끌어안았다.

"이제 시작이야, 녀석아."

현우가 최영진의 등을 두드려 주며 쓴웃음을 머금었다. 손태명은 특설 야외무대를 올려다보며 안경을 고쳐 썼다.

"자, 이제 우리도 마무리를 해야겠지?"

어딘지 모르게 손태명의 눈동자가 스산했다. 현우가 어깨를 으쓱하곤 손태명처럼 특설 야외무대를 올려다보았다.

"와아아!"

"소녀혁명! 소녀혁명!"

무대가 끝이 났지만 팬들의 함성은 그칠 줄을 몰랐다. 무대를 마친 신지혜는 언제 그렇게 도도했냐는 듯 싱그러운 미소를 머금었다.

다른 멤버들도 마찬가지였다. 다시 17살 본연의 모습으로 돌아온 소녀혁명 멤버들이 환호를 보내주고 있는 팬들을 향해 열심히 손을 흔들었다.

* * *

[소녀혁명! 완벽하면서도 성공적인 첫 공중파 데뷔!]

[어울림 엔터테인먼트, 소녀혁명으로 가요계에 새로운 혁명 일으켜!]

[Girls hiphop으로 무장한 '소녀혁명' 남다른 클래스를 보여주다!]

[역대 이런 걸 그룹은 없었다. 비주얼, 실력, 스타성의 삼위일체! 소녀혁명!]

[소녀혁명 첫 생방송 데뷔 무대 순간 시청률 17.3% 기록! 역대 최고 기록 세워!]

['소녀혁명' 정규 1집 앨범 15만 장 추가로 풀린다! 선주문 20만 장은 벌써 완판!]

소녀혁명의 생방송 첫 데뷔 무대는 광화문 쇼 케이스보다 더 큰 파급력을 몰고 왔다. 당연한 결과였다. 광화문 쇼 케이스 현장을 찾은 사람들은 대략 2만 명 정도였지만 음악캠프를 시청한 시청자들의 숫자는 상상을 초월했기 때문이었다.

언론사들은 소녀혁명과 어울림 엔터테인먼트에 대한 기사들을 계속해서 쏟아내었다. 어울림 엔터테인먼트도 잠자코 있지 않았다. 활활 타고 있는 소녀혁명이라는 불길 속에 기름을 때려 붓기 시작했다.

세 가지 버전의 뮤직비디오가 공개되었다. 정식 버전과 연습실 안무 연습 버전, 그리고 광화문 쇼 케이스의 생생한 현장을 담은 뮤직비디오가 공개됨과 동시에 조회 수가 치솟았다.

어울림 공식 WE TUBE 채널에 소녀혁명 카테고리도 생성되었고, 데뷔 과정 동안 있었던 비하인드 영상들이 올라오기 시작했다.

[소녀혁명 첫 타이틀곡, 소녀혁명 음원 차트 올 킬!]
[돌아온 어울림, 새 걸 그룹 소녀혁명으로 다시 음원 차트 석권!]

그리고 음원이 공개됨과 동시에 코코넛을 비롯한 주요 음원 차트를 소녀혁명이 석권해 버렸다.

—다시 어울림의 시대가 왔구나!

—저기; 계속 어울림 강점기였음;

—ㅇㅈ; 생각해 보면 어울림이 어울림 못 한 적이 한 번도 없음

—소녀혁명 활동 끝나도 비글들이 활동할 테니 좋음!

—비글들이 온다! ㅋㅋ

탁, 현우가 노트북 뚜껑을 덮었다. 회장실에 갑자기 박수가 쏟아졌다. 현우를 찾아온 이기혁 실장과 백동원 팀장이 박수를 보내오고 있었다.

"부끄럽게 뭘 또 박수를 치세요?"

현우가 머리를 긁적였다.

그때였다.

벌컥, 회장실 문이 열렸다. 소녀혁명 멤버들이었다. 멤버들이 곤란한 표정을 짓고 있었고, 신지혜의 눈동자에는 눈물이 그렁그렁했다.

"삼촌! 나 망했어!"

"뭐가 망해? 배부른 소리 하네."

성희연이 한숨을 내쉬며 고개를 저었다. 그러거나 말거나 신지혜의 걸음이 현우 앞에서 멈췄다.

"왜, 지혜야? 무슨 일인데?"

현우는 어리둥절했다. 지금 대한민국이 소녀혁명 때문에 들

썩이고 있었다. 그런데 신지혜의 기분이 썩 좋지 않아 보였다.

"대체 뭔데?"

"몰라! 이상한 사람들 많아!"

신지혜의 칭얼거림에 현우가 고개를 갸웃거리며 다시 노트북을 열어보았다. 그러고는 신지혜의 이름을 친히 검색해 보았다.

"뭐야? 다 좋은 댓글들이나 기사들뿐인데?"

"회장님, 제가 보여 드릴게요."

성희연이 다가와 '소녀혁명 짤'을 검색했다. 화면이 넘어갔다. 첫 생방송 데뷔 무대 짤 수십 장이 대형 커뮤니티를 돌아다니고 있었다.

특히 신지혜 짤의 인기가 압권이었다. 가사를 내뱉으며 한껏 도도한 표정과 함께 객석을 내려다보는 신지혜의 표정이 묘하게 중독성이 있다는 것이었다.

─지혜 님! 계속 업신여겨 주세요! ㅠㅠ

─밟아주세요! 더! 더!

─깔보는 건데, 왠지 기분이 좋다 ㅠㅠ

─복종하겠습니다! 그러니 더 업신여겨 주시길!

─저 표정 묘하게 쾌감이 있음 ㅋㅋㅋ

─지혜 님 앞에 우리는 한낱 하찮은 존재일 뿐!

—계속 돌려보고 있음 ㅋㅋ

—욕먹고 싶다.

—9급 준비 중인데 정신 차리게 욕 좀 ㅠㅠ

"하하하!"

현우가 크게 웃었다. 신지혜의 눈가가 사나워졌다.

"이 사람들 다 뭐야? 이상해! 삼촌!"

"하하."

"그만 웃어! 삼촌도 승호 오빠처럼 변태야?"

"알았어. 미안, 미안."

현우가 간신히 웃음을 억눌렀다. 얼음 여왕이라고 불렸던 송지유도 웃지 못할 사건들이 많았지만 왠지 모르게 신지혜의 앞날도 대충 예상이 갔다.

"폭스 짓 하다가 성격 다 들통났네? 욕쟁이 할머니도 아니고, 욕쟁이 공주님이라니. 보기 좋다?"

"야! 이 너구리 주제에!"

"그, 그만? 애들아?"

오수정이 성희연과 신지혜의 다툼을 조기에 말렸다. 현우가 팔짱을 꼈다. 그리고 신지혜를 달래기 시작했다.

"지혜야, 이게 바로 인기라는 거야."

"인기이긴 한데, 이상한 인기잖아! 사람들이 나보고 욕을 해달라고 하잖아!"

또 눈물이 그렁그렁해졌다. 신지혜의 로망은 송지유처럼 가는 곳마다 경외 어린 시선을 받는 것이었다. 물론 소원대로 경외 어린 시선을 받기는 했다. 하지만 송지유와는 조금 다른 차원의 경외였다.

"하하, 귀여운 녀석. 다 큰 줄 알았더니."

현우가 신지혜의 머리를 쓰다듬었다.

"삼촌이 해결해 줘. 알았지?"

"그래. 나만 믿어."

"응! 응!"

신지혜의 혀가 또 짧아졌다.

"하여간 저 폭스는 무슨 일만 생기면 삼촌만 찾아요. 회장 삼촌 없는 사람은 서러워 살겠나."

성희연이 고개를 저으며 한숨을 내쉬었다.

*　　　*　　　*

같은 시각, 어울림 본사에 고급 세단들이 연이어 들어섰다. 가장 앞서 멈춰선 세단에서 정장 차림의 젊은 남자들이 우르르 쏟아져 나왔다.

선글라스까지 쓴 정장 차림의 남자 한 명이 조심스레 뒤쪽

세단의 문고리를 잡았다. 철컥, 부드러운 소리와 함께 닫혀 있던 세단의 문이 열렸다.

"아가씨, 내리시죠."

수행원이 조심조심 말을 꺼냈다. 뒤에 서 있는 수행원들의 시선도 뒷좌석에 앉아 있는 젊은 여성에게로 고정되어 있었다.

"혼자 다닐 때는 편하게 다니고 싶었는데."

송지유가 길게 한숨을 내쉬었다.

"절대 안 됩니다, 아가씨! 문 회장님께서 아시면 저희들 다 목 날아갑니다."

"양 비서님."

뭐라 하려다가 송지유가 뒷말을 삼켰다. 양 비서의 말이 거짓이 아님을 송지유도 잘 알고 있었기 때문이다.

"그럼 여기서 기다리고 있어요."

"하지만 위험합니다!"

"뭐가 위험해요? 대낮이고 여긴 제 회사예요. 그리고 우리 회사에도 경호원들은 있고, 매니저들도 있어요. 양 비서님도 그렇고 다들 오빠를 닮아가는 거예요?"

"알겠습니다. 혹시라도 무슨 일이 생기면 이 호출기를 누르시면……."

"그만하세요."

송지유의 냉기에 양 비서와 수행원들이 푹 고개를 숙였다. 송지유가 핸드백을 챙겨 들곤 어울림 본사로 걸음을 옮겼다.

멀어지는 송지유의 뒷모습을 양 비서와 수행원들이 매의 눈으로 쳐다보고 있었다.

*　　　　　*　　　　　*

회장실에서 현우의 웃음소리가 울렸다.

"하하, 그 정도야?"

"태진 오빠 때문에 미칠 것 같아요."

"하하!"

"자꾸 웃을 거예요? 난 귀찮아 죽겠는데?"

송지유가 눈을 흘겼다. 현우가 끅끅, 웃음을 억누르며 입을 열었다.

"다 태진 형님이 지유 너를 아끼니까 그러는 거 아니겠어? 그렇다고 하고 싶은 걸 못 하게 하고, 가고 싶은 곳을 못 가게 하는 건 아니잖아? 지유 너랑 유라 말이라면 무조건 오케이! 아니었나?"

"차라리 그게 나을 것 같아요. 수행원들이 열 명씩 따라다니는 사람이 어디에 있어요?"

"여기?"

"오빠!"

송지유가 뾰족하게 외쳤다. 현우는 그 모습이 그저 귀여워 웃기만 했다.

"재벌가 영애의 숙명이지 뭐."

"난 그런 거 싫어요."

송지유는 단호했다.

"알겠어. 내가 태진 형님한테 말 잘해놓을게."

"꼭?"

"그래, 꼭."

현우가 약속을 하고 나서야 송지유의 얼굴이 부드러워졌다. 송지유가 현우의 품에 머리를 기대었다.

"지혜랑 소녀혁명 데뷔도 끝났으니까 이제 한가하죠?"

"응. 아무래도."

"그럼 이제 나랑 같이 있을 거죠?"

"당연하지."

"좋다."

송지유가 배시시 웃으며 현우를 올려다보았다. 그러다 현우의 품에서 빠져나와 다시 말을 꺼냈다.

"참, 언니가 우리 귀국 파티 열 거라고 선해달랬어요."

"형수님이?"

"네."

"파티라… 좀 그런데?"

현우의 반응이 미지근했다. 오래전, CV 그룹 개최로 열린 파티에서 부잣집 망나니들과 시비가 붙었던 적이 있기 때문이었다. 또 현우 성격상 그런 자리보다 간단하게 즐기는 소주나 삼겹살이 더욱 좋았다.

"언니가 가족 파티라고 했어요. 또 초대장도 오빠랑 내가 직접 쓰라고 했고."

"그래? 그렇다면."

"나쁘지 않죠?"

"그렇네. 역시 형수님이야."

작은 배려였지만 마음이 편해진 현우였다.

"그러고 보니까 우리 한국 귀국해서 변변한 뒤풀이도 한 번 안 했지, 지유야?"

"네. 겸사겸사해서 우리 어울림 가족들도 오랜만에 다 모여요. 준비는 언니랑 내가 책임지고 할 테니까."

"역시 어울림 안방마님이라 이건가?"

"당연하죠?"

현우가 다시 송지유를 껴안았다.

몇 년 만에 가지는 휴식기임에도 송지유는 어울림 식구들을 생각하고 있었다.

"좋아. 간만에 다들 모여보자."

현우가 빙그레 웃으며 말했다. 그러다 아차 싶었다.

"지, 지유, 네가 직접 요리도 하나?"

"오빠가 원하면 할게요."

"어?"

현우가 멈칫했다. 여기서 대답을 잘못했다간 송지유가 토라질 수도 있었다. 송지유가 큰 눈을 깜빡거리며 대답을 기다리고 있었다.

"할까요?"

"음, 아니? 우리 지유 손에 물 묻히면 어디 쓰나?"

"진심이에요?"

송지유가 의심스러운 눈길을 보내어왔다. 현우가 힘차게 고개를 끄덕거렸다.

"그럼! 난 결혼하고 나서도 지유 손에 물 안 묻힌다!"

"알았어요. 오빠 마음이 갸륵해서 크림 파스타 하나만 만들어볼게요."

"……."

순간 현우의 얼굴이 굳었다.

크림 파스타. 뉴 소울에선 송지유가 만드는 크림 파스타를 '지옥 크림 파스타'라고 부르고 있었다.

*　　　*　　　*

"안녕하세요? 연예계 통신 시청자 여러분! 저는 지금 CV E&M 그룹 본사 입구에 나와 있습니다! 오늘 저녁 7시부터 CV E&M 그룹 연회장에서 어울림 엔터테인먼트 자선 파티가 열린다고 합니다! 특별히 이번 자선 파티에는 20명의 울림이라 불리는 팬들이 추첨을 통해 참석한다고 하는데요? 다들 부러우시죠? 저 역시 부럽네요!"

리포터가 열변을 토해내었다. 여기저기서 기자들이나 리포터들의 목소리들이 계속해서 겹쳐졌다.

CV 그룹 본사 앞은 이미 다양한 언론 매체들이 진을 치고 있는 상황이었다. 서로 좋은 자리를 차지하기 위한 경쟁도 치열했다.

구경을 나온 팬들도 라인에 다닥다닥 붙어 그 열기가 뜨거웠다.

그때였다.

CV 본사 입구에서 팬들의 함성이 커져갔다. 초록색 스프린터 한 대가 스르르 들어섰기 때문이었다. 순식간에 모든 시선이 스프린터로 집중되었다.

"시청자 여러분! 지금 막 어울림 엔터테인먼트의 밴이 들어섰습니다! 누굴까요? 한번 보시죠! 네! 요즘 국민 아빠로 큰 사랑을 받고 계시는 락커 신현우 씨입니다! 아내분과 작은딸이 죠? 이진이 작가님, 그리고 신지선 양과 함께 가장 먼저 연회장을 찾아주셨습니다!"

팬들의 함성 소리가 터져 나왔다. 리포터의 목소리가 팬들의 함성 소리에 묻힐 정도였다.

턱시도와 드레스를 멋들어지게 차려입은 신현우와 이진이가 신지선과 함께 포토 라인에 들어섰다.

찰칵! 찰칵! 여기저기서 플래시 세례가 쏟아졌다.

"괜찮아요?"

카메라에 익숙한 신현우가 이진이를 슥 내려다보았다. 이진이가 쏟아지는 플래시 세례에 눈을 살짝 찌푸리자 신현우가 손을 들어 눈을 가려주었다. 그 자상한 모습에 여성 팬들이 탄성을 내질렀다.

리포터들과 기자들이 앞다투어 마이크를 내밀었다.

"공식 석상에는 정말 오랜만이신데요! 소감을 말씀해 주세요!"

"다정한 국민 아빠로 등극을 하셨는데, 어떻게 생각하시는지요?"

"소녀혁명이 데뷔를 했고 큰딸 신지혜 양의 인기가 요즘 상상을 초월하고 있습니다! 행복하십니까?"

질문들이 뒤섞여서 마구 쏟아졌다.

공식 석상이 낯설기만 한 이진이와 신지선은 어쩔 줄을 몰라 하고 있었다.

신현우가 걸음을 떼어 이진이와 신지선의 앞을 살짝 가려 주었다. 그러고는 신현우가 조용히 입을 열었다.

"오랜만에 많은 팬 여러분들을 만나뵙게 되어서 저 역시 기분이 좋습니다. 그리고 국민 아빠라는 단어는 조금 낯설긴 하지만 더 노력하는 아빠가 되도록 하겠습니다."

신현우가 따뜻한 눈길로 이진이와 신지선을 바라보며 말을 했다.

"그리고 우리 지혜에게 많은 사랑을 베풀어주셔서 정말 감사합니다. 아직 어려서 천방지축이고 여러모로 부족한 점이 많을 겁니다. 그래도 예쁘게, 귀엽게 봐주셨으면 합니다."

신현우가 정중하게 꾸벅, 고개를 숙였다.

"저희 언니를 잘 부탁드리겠습니다."

신지선도 조신하게 꾸벅 고개를 숙였다. 그러고는 살짝 웃어 보였다. 지켜보고 있던 팬들이 탄성을 내질렀다. 신현우의 핏줄인지라 신지선도 정말 예뻤다.

"그럼 인터뷰는 여기까지 하겠습니다."

신현우의 위엄 섞인 한마디에 리포터들과 기자들이 길을 터 주었다.

신현우가 이진이와 딸 신지선을 이끌고 함께 레드 카펫을

밝기 시작했다. 여기저기서 팬들의 열렬한 환호가 쏟아졌다.

"여보? 가족 파티 아니었어요? 정말 못 말리는 회장님이에요."

이진이가 신현우에게 조용히 속삭였다. 신현우가 팬들에게 손을 흔들어주며 쓰게 웃었다.

"현우가 다 생각이 있을 거예요, 여보."

"그렇겠죠?"

이진이가 부드럽게 말했다.

신현우 가족이 퇴장을 하고 뒤이어 초록색 스프린터 한 대가 또 들어섰다.

폭발적인 환호성이 터져 나왔다. 초록색 스프린터 곳곳에 팬들의 애정 어린 낙서가 새겨져 있었기에 팬들이라면 그 정체를 모를 수가 없었다.

"네! 어울림 간판 걸 그룹이라고 당당히 말할 수 있는 분들이죠? 지옥에서 온 비글들! 매 주말마다 우리 국민 여러분들에게 큰 웃음을 주고 있는! 바로 드림걸즈입니다!"

리포터도 괜히 텐션이 올라 소리를 쳤다. 어울림 매니저 두 명이 동시에 튀어나와 드르륵! 스프린터의 문을 열었다.

드레스 차림의 엘시와 멤버들이 동시에 짠! 하며 쏟아져 나왔다.

와아아! 함성이 터져 나왔다. 대중들에게 있어서 가장 친숙

한 그룹이라 평가를 받는 드림걸즈답게 여기저기서 친근한 반응들이 터져 나왔다.

"아, 뭐 하고 있어요? 빨리 나와요!"

엘시가 스프린터 안에다 대고 소리를 쳤다.

"아, 아니! 이거 사람이 너무 많은 거 아닙니까?"

"영어 못 알아들으니까 그냥 나와요! 유나야?"

"네! 언니!"

유나가 손을 뻗어 강제로 그를 끌어냈다.

환호를 보내고 있던 팬들이 갑자기 나타난 존재를 보며 웃음을 터뜨렸다.

"저거 후안 아냐?"

"어? 진짜 후안이다!"

"후안! 잘생겼다!"

반가움이 담긴 팬들의 함성이 쏟아졌다.

오래전 송지유가 출연했던 예능 프로인 '차가운 도시의 법칙'에서도 출연을 했었고, 미국 인기 요리 경연 프로인 '지옥의 주방'에서 당당히 우승을 차지했던 후안이었다. 또 얼마 전에는 드림걸즈의 '아는 언니들'에도 출연을 했었다.

뜨거운 반응에 후안의 입가에 함지박만 한 미소가 지어졌다.

"내, 내가 이 정도로 인기가 있다고?"

"그러니까 우리가 뭐랬어요? 후안도 인기 많다고 했었죠?"

크리스틴이 후안을 보며 말했다. 후안이 연신 고개를 끄덕거렸다.

"고맙습니다! 다들 고마워요! 하하! 내가 믿고 한국에 오길 잘했습니다!"

비행기표도 끊어주면서 후안을 한국으로 초대한 장본인들이 바로 엘시와 드림걸즈 멤버들이었다.

"그래요! 내가 현우 친구, 지유 친구 후안입니다! 후안! 안녕하세요? 김치 좋아요! 사랑해요!"

후안이 연신 팬들을 향해 손을 흔들며 어색한 한국말들을 쏟아 내었다. 그사이 리포터들이 일제히 엘시와 드림걸즈에게로 달라붙었다.

"드림걸즈 여러분들! 정말 오랜만에 새 정규 앨범이 발매되는데요, 기대가 크십니까?"

역시나 요즘 이슈로 떠오르고 있는 질문들이 연이어 쇄도했다. 리더인 엘시가 능숙하게 질문을 받았다.

"하이! 헬로! 안녕! 여러분의 엘시입니다! 네! 그렇죠! 저희들도 정말, 정말 기다리고 기다리던 새 앨범이라 엄청 기대를 하고 있어요! 회사 광고판 보셨죠? 여러분! 우리 앨범이 이름이 뭐라고 했죠? 하나, 둘, 셋? 바나나 먹으면 바나나요?!"

팬들이 엘시를 따라서 앨범 문구를 힘차게 외쳤다.

"정답!"

엘시가 깜찍한 포즈를 잡아주었다. 멤버들도 엘시처럼 척, 포즈를 잡아주었다. 사진기자들뿐만 아니라 현장을 찾은 팬들도 사진을 찍기 시작했다. 역시 팬 서비스 하면 엘시였다.

"어울림 엔터테인먼트에서 발표한 대로 정말 미국 진출을 하시는 겁니까?"

"걸 그룹 역사상 미국 진출은 이례 없는 일입니다! 가능성은 얼마나 보십니까?"

가장 핵심적인 질문이 쏟아졌다. '미국 진출'이라는 키워드에 장난기 넘치던 엘시와 멤버들이 진지해졌다.

엘시가 리포터들과 기자들을 비롯해 팬들을 눈 안에 담으며 입술을 열었다.

"미국 진출이 절대 쉬운 거 아니라는 거, 저도 알고 저희 멤버들도 잘 알고 있어요. 성공이냐, 실패냐, 저희들도 장담을 할 수가 없어요. 하지만 말이에요. 여러분들은 저희들을 꿈의 소녀들로 불러주시잖아요? 그 꿈의 소녀들이 한번 도전을 해보려고 해요."

"……."

"……."

장내가 조용해졌다. 어떻게 보면 지금 이 순간이 엘시와 멤버들의 출사표라고도 할 수 있었기 때문이었다.

"일 년이 되었든, 이 년, 삼 년이 되었든 도전을 하는 저희들을 꼭 지켜봐 주세요. 감사합니다."

"감사합니다! 열심히 할게요!"

드림걸즈 멤버들이 힘차게 출사표를 던졌다.

"아이돌의 왕! 엘시! 엘시!"

"드림걸즈 힘내라! 파이팅!"

여기저기서 뜨거운 응원이 쏟아졌다. 인터뷰를 마친 드림걸즈가 팬들의 손을 잡아주며 걸음을 옮겨갔다.

그리고 그 뜨거운 열기가 가라앉기도 전에 다시 장내가 폭발적인 함성으로 물들었다. '전국소녀'를 태운 스프린터가 들어섰기 때문이었다.

"네! 여러분! 드림걸즈에 이어서 아시아 최고의 걸 그룹 '전국소녀'분들이 오셨습니다!"

한국을 넘어 일본과 중국, 그리고 아시아 전역에서 절대적인 인기를 끌고 있는 '전국소녀' 멤버들이 하나둘 모습을 드러내었다.

리더인 김수정과 유지연, 배하나, 이지수, 유은, 김세희, 하잉, 그리고 어울림 3대 갓인 이솔까지 나타나자 장내가 더없이 뜨거워졌다.

포토 라인으로 들어선 8명의 멤버들이 일렬로 늘어섰다. 그리고 손을 모아 소리쳤다.

"소녀들의 꿈은 무대 위에! 안녕하세요! 전국소녀입니다!"

"우주 여신 배하나입니다!"

이어지는 배하나의 외침에 여기저기서 웃음이 터졌다.

"안녕하세요! 요즘 자기애가 폭발 중인 배하나 친구 이지수입니다!"

이지수의 재치에 또 웃음이 터졌다. 웃음이 잦아들다 곧이어 질문들이 쏟아졌다.

"앞서 인터뷰를 보셨는지요?"

"네, 엘시 선배님 인터뷰 잘 봤어요."

리더인 김수정이 대표로 대답을 했다.

"드림걸즈가 미국 진출을 앞두고 있습니다. 아시아 최고의 걸 그룹으로 평가를 받는 전국소녀 입장에서는 어떤 생각이 드시는지요?"

자칫 까다로운 질문이었다. 인터뷰를 지켜보고 있던 울림이들이 침묵을 했다. 하지만 우려와 달리 김수정이 밝게 웃었다.

"축하할 일이라고 생각해요. 아시다시피 저희들은 아직도 롤 모델이 드림걸즈 선배님들이거든요. 후배 그룹으로서 열심히 응원을 할 생각입니다."

여기저기서 박수가 쏟아졌다.

"전국소녀는 미국 진출 계획이 없는 겁니까?"

"잘 모르겠어요. 저희는 그 전에 해결할 문제가 있어요."

김수정의 말에 리포터들이나 기자들도, 또 팬들도 어리둥절해했다. 김수정이 밝게 웃으며 이솔을 쳐다보았다.

"다들 궁금하시죠? 저희 솔이가 말씀드릴 거예요."

김수정이 이솔을 앞으로 세웠다.

"안녕하세요? 이솔입니다."

이솔이 꾸벅 고개를 숙였다. 예나 지금이나 수줍음 많은 이솔에게 박수와 환호가 쏟아졌다.

"그동안 많이 기다리셨어요. 이제 저희들이 했던 약속을 지킬 수 있을 것 같아요."

이솔의 두 눈동자가 초승달처럼 휘었다.

"……."

순간 장내가 정적에 휩싸였다. 그리고 울림이들이 하나둘, 탄성을 내지르기 시작했다.

"i2i?"

"i2i 컴백하는 건가? 설마?"

여기저기서 웅성거림이 들려왔다. 이솔이 힘차게 고개를 끄덕거렸다.

"네. 곧 i2i라는 이름으로 저희들 다시 뭉칠 것 같아요."

"진짜다!"

"와? 대박! 소름!"

여기저기서 폭발적인 환호성이 진동을 했다.

현재 '전국소녀'는 i2i 멤버들을 중심으로 개인 연습생 출신이었던 김세희와 하잉, 그리고 이제는 문을 닫고 사라진 디온 뮤직 소속의 유은만이 남아 있는 상황이었다.

플래시즈 엔터의 서아라나 코인 엔터의 양시시, 전유지, 그리고 파인애플 뮤직 소속의 차보미와 권예슬이 빠져 있는 상태였다.

i2i가 다시 재결합한다는 이솔의 말에 함성은 그칠 줄을 몰랐다. 느닷없이 특종을 잡은 리포터들이나 기자들의 앞다투어 질문들을 쏟아내었다.

"확실한 겁니까? 구체적으로 설명을 부탁드립니다!"

지금까지 무수히 많은 시도가 있었지만 각 기획사 간의 이해관계 때문에 번번이 재결성에 실패했던 i2i였다. 팬들도 걱정 어린 시선을 보내오고 있었고, 언론 측에서도 믿기지 않는다는 얼굴을 하고 있었다.

"솔아?"

김수정이 이솔을 향해 고개를 끄덕여 보였다. 어떻게 보면 i2i의 재결합에 가장 큰 노력을 기울였던 사람이 바로 이솔이었다.

이솔이 환한 미소와 함께 입술을 열었다.

"이번에는 정말이에요. 우리 회장님께서 약속을 해주셨어요. 그러니까 꼭 될 거예요. 확실해요."

"김현우! 김현우!"

"역시 김태식이다!"

이솔이 현우를 거론하자 다시 함성이 터져 나왔다.

"……."

"……."

리포터들이나 기자들이 꿀꺽, 마른침을 삼켰다. '소녀혁명'
의 충격적인 데뷔와 '드림걸즈'의 미국 진출도 모자라 이제는
걸 그룹 열풍을 불러왔던 'i2i'까지 재결성을 앞두고 있었다.

김현우 회장의 한국 연예계 복귀가 몰고 온 파급력이 생각
보다 더 크게 느껴졌다.

그때였다. 갑자기 울림이들의 함성이 더욱 커져갔다. '전국
소녀'가 타고 왔던 스프린터 뒤쪽으로 고가의 세단과 스포츠
카들이 연이어 들어서고 있었다.

올 블랙 롤스로이스 고스트의 문이 열리며 블랙 슈트 차림
의 현우가 먼저 모습을 드러내었다. 뒤이어 들어선 은색 롤스
로이스 팬텀에서도 블랙 슈트 차림의 손태명이 나타났다.

뒤이어 들어선 파란색 맥라렌 스파이더에서는 최영진이, 빨
간색 애스톤마틴에서는 고석훈이 나타났다.

"어울림 F4다!"

"어울림 F4가 왔다!"

하얀색 마세라티에서 김정우가 등장을 했고, 빨간색 포르쉐에서는 선글라스를 쓴 김철용이 등장했다. 마지막으로 노란색 페라리에서 박수호가 등장했다.

이뿐만이 아니었다. 세계에 몇 대 없는 초고가의 스포츠카에서 CV E&M 그룹의 총수인 문태진까지 나타났다.

그리고 계속해서 고급 세단들이 들어섰다.

대한민국에서 가장 유명한 감독인 김성민 감독을 비롯해 한국에서는 가장 큰 영화제작자가 된 창성 영화사의 박창준 대표와 친김현우 사단으로 불리는 인물들이 하나둘 등장하기 시작했다.

언론과 팬들의 시선이 김현우 사단에게로 쏟아졌다.

"……."

"……."

하나같이 블랙 슈트를 차려입은 그 모습에 다들 할 말을 잃어버렸다. 왠지 모를 포스가 느껴졌기 때문이었다.

침묵과 함께 쏟아지는 시선에 손태명이 현우의 팔을 툭 쳤다.

"이 분위기 어쩔 거야?"

"왜? 좋잖아?"

"철용아, 어깨에 힘 풀고 선글라스 벗어라. 우리 조직 아니다."

"예? 예!"

손태명의 일침에 김철용이 서둘러 선글라스를 벗었다. 손태명이 현우를 쳐다보며 다시 말을 이었다.

"이제 만족하냐? 이거 누가 보면 조직 모임인 줄 알겠다, 자식아."

"부끄럽냐?"

현우가 피식 웃으며 손태명의 어깨에 팔을 둘렀다.

"웃어. 그쪽 양반들 보고 오줌 지리게."

"미국 가서 이상한 프로파간다만 배워 왔냐?"

"이런 것도 필요할 때는 필요해. 그래야 내가 다시 미국에 가도 우리 식구들 귀찮게 하지 않을 거 아냐?"

"하긴 그렇습니다."

김정우가 현우를 보며 부드럽게 웃었다.

"태진 형님, 괜찮으시죠?"

손태명이 조심스레 재벌 총수인 문태진에게 물었다. 문태진이 하하 웃으며 입을 열었다.

"재미있는데? 기왕 모인 김에 여기 모인 사람들끼리 모임 하나 만들까, 현우야?"

"좋죠, 태진 형님."

현우가 씩 웃었다. 다른 연예게 기획사들이 들으면 기겁을 할 말을 현우와 문태진이 대수롭지 않게 나누고 있었다.

"자, 그럼 다들 가봅시다."

현우가 슈트 주머니에 두 손을 척 하고 집어넣었다.

그리고 먼저 포토 라인을 향해 성큼성큼 걷기 시작했다. 그 뒤를 손태명과 문태진을 비롯한 김현우 사단이 따라서 걷기 시작했다.

"와아아!"

위풍당당한 그 모습에 CV E&M 본사에 모여 있던 팬들이 일제히 함성을 질러댔다.

＊　　　＊　　　＊

CV E&M 그룹의 연회장 안에 김현우 사단이 등장하자 장내가 소란스러워졌다. 현우나 문태진, 손태명을 비롯해 다들 하나같이 쟁쟁한 인물들이기 때문이었다.

"저희가 모시겠습니다. 가시죠."

수행원들이 정중하게 현우와 일행을 연회장까지 에스코트했다. 연회장으로 들어서자마자 현우가 피식 웃어버렸다.

"하하, 어떻게 보면 태진 형님이 저보다 더 대단하신 것 같아요."

연회장 곳곳에 송지유의 사진이 커다랗게 걸려 있었다. 어떻게 보면 꼭 송지유 사진 전시회 느낌이 났다.

"내 동생은 소중하니까."

문태진이 송지유의 사진을 감상하며 말했다.

"그렇긴 하죠."

현우가 연회장을 살폈다. 송지유를 찾기 위해서였다.

마침 SONG ME YOU 회원들 사이에 둘러싸여 있는 송지유의 모습이 보였다. 리본이 달린 하얀색 블라우스에 검은색 치마, 정장 투피스를 곱게 차려입은 송지유가 현우와 문태진을 발견하곤 살짝 손을 흔들었다.

"지유한테 가볼까, 우리?"

"가시죠, 태진 형님. 태명아, 은정이 저기 유희랑 있는데?"

"알아."

김은정을 찾고 있던 손태명이 애써 태연하게 대답을 했다. 김은정은 서유희와 함께 샴페인을 홀짝이며 대화를 나누고 있었다.

현우가 툭, 손태명의 어깨를 쳤다. 그러고는 장난기 가득한 얼굴을 했다.

"가서 비타민 충전해야지?"

"큭."

최영진이 꾹 웃음을 참았다. 손태명이 노려보자 최영진이 움찔거렸다.

"영진 형님도 어차피 형수님한테 가실 거면서 왜 웃습니까?"

"……."

김철용의 일침이 이어지자 최영진의 얼굴도 붉어졌다. 현우가 피식 웃다가 한숨을 내쉬었다.

"하아, 어쩌다 어울림 남자들이 죄다 이 꼴이 된 거냐?"

"그러니까요. 대한민국 남자로 태어나서 이게 뭡니까? 남자 망신입니다, 망신."

유일한 솔로인 김철용이 고개를 절레절레 저었다.

"……."

"……."

현우도 그랬고 다들 할 말들을 잃었다.

"자고로 연애란 해로운 겁니다. 전 형님들처럼 안 살 겁니다."

김철용이 의기양양해했다. 손태명이 푹 한숨을 내쉬더니 작게 웃었다.

"그럼 철용이는 그렇게 계속 살고, 어쨌든 수고해라."

손태명이 김철용의 어깨를 몇 번 두들기더니 김은정에게로 향했다. 손태명이 나타나자 김은정이 서둘러 핸드백에서 비타민 통을 꺼내 들었다. 그러고는 애교와 함께 비타민을 입으로 쏙 넣어주었다.

"수고. 우리 선영 씨 보러 가야겠다."

최영진도 김철용의 어깨를 다독이고는 김선영 아나운서에

게 향했다. 최영진을 발견한 김선영 아나운서가 넥타이부터
제대로 고쳐주었다.

"오빠?"

그때 송지유의 목소리도 들려왔다. 송지유가 샴페인 잔을
들고는 살짝 흔들어 보였다. '금주령'이 해제된 것이다.

현우가 송지유를 보며 빙그레 웃어주곤 김철용의 어깨를
다독여 주었다.

"철용아, 형 간다. 분발해라."

"……"

김철용이 아무런 대꾸도 하지 못하고 우두커니 멀어지는
일행을 쳐다만 보았다.

왠지 패배한 것만 같은 기분이 강하게 들었다.

＊　　　　＊　　　　＊

"하하."

"왜 보자마자 웃어요?"

송지유가 샴페인 잔을 건네며 눈을 흘겼다. 현우가 샴페인
잔으로 연회장 천장을 가리켰다. 송지유의 대형 포스터들이
수도 없이 걸려 있었다.

"놀리지 마요. 나 심각하니까."

송지유가 정민지와 조카를 챙기고 있는 문태진을 보며 말했다. 말은 그렇게 해도 가족들을 바라보는 송지유의 표정은 따듯했다.

"참, 지유 볼래요?"

"지유? 지금 내 앞에 있는데?"

"그 지유 말고 다른 지유를 말하는 거예요."

"아!"

현우가 탄성을 내질렀다. 현우와 송지유의 대화를 지켜보고 있던 SONG ME YOU 카페 회원들도 뿌듯한 표정을 하고 있었다.

"박 팀장님 어디에 있어요? 말년병장지유 님?"

"지유랑 화장실 갔을 겁니다, 회장님."

"그래요?"

"저기 마침 얼굴천재지유 님 오시네요, 하하."

얼음여왕지유라는 닉네임을 쓰는 회원이 손을 들어 박 팀장과 딸 지유를 가리켰다.

"어? 현우 회장님!"

박 팀장이 현우를 발견하곤 더없이 반가운 표정을 지었다. 박 팀장이 딸아이를 번쩍 안아 들고는 현우에게로 뛰어왔다.

"이야! 이게 얼마만입니까? 네? 건강하죠? 그렇죠, 현우 회장님?"

"저야 늘 건강하죠. 박 팀장님도 잘 지내셨습니까?"

현우가 박 팀장의 품에 안겨 있는 딸아이를 살펴보며 다정하게 물었다. '얼굴천재지유' 소위 박 팀장이라고 불리는 이 사람이야말로 어울림의 시작부터 지금까지를 지켜봐 온 몇 안 되는 골수팬이었다.

"팀장님, 지유는 저한테 주세요."

송지유가 두 팔을 벌렸다. 그러자 신기하게도 박지유가 두 팔을 뻗으며 송지유에게 폭 안겼다.

현우와 박 팀장이 가볍게 악수를 나누었다. 현우가 부드러운 미소를 머금었다.

"요즘은 어떠세요, 박 팀장님?"

"하하. 어떻기는요? 어울림 덕분에 먹고사는데요? 저 이제 박 사장이지 않습니까? 다들 아직도 박 팀장이라고 부르기는 하지만요."

어울림 신사옥 건설 때 인테리어 시공을 맡은 경력을 인정받아 이제는 한 인테리어 업체의 사장이 된 박 팀장이었다.

"따님도 많이 컸는데요?"

"그렇죠? 우리 지유 님 이름을 따서 그런지 얼마나 예쁘고 착한지 모릅니다."

박 팀장이 송지유의 품에 안겨 있는 딸아이를 보며 흐뭇해했다. 그러다 박 팀장이 현우에게 조용히 속삭이기 시작했다.

"근데 두 분은 아직 결혼할 생각은 없으십니까?"

"예? 겨, 결혼요?"

현우가 화들짝 놀랐다. SONG ME YOU 카페의 다른 회원들도 현우를 뚫어져라 쳐다보고 있었다. 당황스러움에 현우가 머리를 긁적였다.

"그, 그게 아직 지유가 나이도 어리고, 아직 창창하잖아요?"

"그렇습니까? 그렇긴 하네요."

박 팀장이 고개를 끄덕끄덕거렸다. 다른 회원들도 조금은 수긍을 하는 눈치였다. 20살에 데뷔를 한 송지유는 아직도 20대 중반에 불과했다.

현우가 네 살짜리 아이를 안고 행복해하고 있는 송지유를 보며 생각에 잠겼다.

'결혼이라… 어렵네.'

머릿속이 복잡해졌다. 송지유와의 결혼을 망설인다거나 그런 것은 절대로 아니었다. 송지유도 그랬고 현우도 서로를 굳게 믿고 사랑하고 있었다.

현우의 시선이 연회장 샹들리에 끝에 달려 있는 송지유의 포스터로 향했다. '월드 스타 송지유'라는 글귀가 유난히 눈에 들어왔다.

"……."

현우가 속으로 숨을 들이마셨다. 이미 대한민국을 대표하는 세계적인 스타였지만 송지유는 아직도 앞날이 창창한 스타였다. 무엇보다 송지유는 대한민국 국민들의 사랑을 한 몸에 받고 있었다.

현우 역시 송지유 못지않은 사랑을 받고 있었지만, 현우는 스타로서의 송지유를 더 지켜보고 싶었다.

그러다 현우와 송지유의 눈동자가 마주쳤다. 송지유가 현우를 향해 살짝 눈웃음을 지어 보였다. 송지유의 살가운 눈웃음에 복잡했던 마음도 풀어져 버렸다.

"오빠?"

"응."

현우가 송지유에게 다가갔다. 송지유가 박지유의 볼을 만지며 입을 열었다.

"지유 진짜 귀엽지 않아요?"

"귀엽네, 우리 지유."

송지유가 고개를 갸웃했다. 누구를 지칭하는지가 불확실했기 때문이었다.

"누구를 말하는 거예요?"

"둘 다."

"치."

송지유의 얼굴이 붉어졌다. 그러면서도 현우를 보며 미소를 지었다. 늘 한결같은 사랑을 주는 현우에게 고마웠다.

그때였다. 별안간 연회장이 소란스러워지기 시작하더니 환호성이 터져 나왔다.

"뭐야?"

현우가 고개를 돌렸다.

최영진이었다. 최영진이 연회장 중앙 홀에 뛰어들고는 마이크를 잡고 서 있었다.

"……."

악기 연주에 한창이던 연주자들도 멍한 얼굴로 최영진을 올려다보고 있었다.

"저, 저, 저기 제가 여러분들에게 할 말이 이, 있습니다!"

마이크를 잡고 있는 최영진의 손이 사정없이 떨리고 있었다. 연회장에 모인 어울림 식구들과 지인들의 시선이 일제히 최영진에게 쏠렸다.

"오빠, 우리도 가요."

"그래."

현우와 송지유가 SONG ME YOU 카페 회원들과 연회장 홀로 가까이 다가갔다.

"언니? 무슨 일이에요?"

송지유가 엘시에게 물었다. 엘시가 발그레해진 얼굴로 송지유를 쳐다보았다.

"일단 보자. 근데 너무 낭만적이지 않아?"

"꺅! 드라마 같아!"

유나가 두 볼을 부여잡고는 비명을 질러댔다.

한편, 최영진은 여전히 덜덜 떨고 있었다. 최영진의 시선이 어울림 식구들 틈에 끼어 있던 김선영 아나운서에게로 향했다.

"선, 선영 씨."

"영진 씨? 뭐 하는 거예요?"

김선영 아나운서도 돌발 상황에 많이 당황한 상태였다. 최영진이 어색하게 웃으며 '전국소녀' 멤버들을 아련한 눈동자로 쳐다보았다.

"그만 좀 먹고 영진 오빠나 도와줘, 배하나."

유지연이 배하나의 등을 쿡쿡 찔렀다. 배하나가 머핀을 내려놓고는 이지수를 쳐다보았다.

"최영진 연애 조작단 출동?"

"콜! 가자!"

배하나와 이지수가 김선영 아나운서의 양팔을 잡았다.

"얘, 얘들아?"

배하나와 이지수가 대뜸 김선영 아나운서를 잡아끌고는 연회장 홀의 중심으로 데려가 세웠다.

"하하."

문태진도 즐거워하며 수행원들에게 눈짓을 했다. 철컹! 연회장의 모든 조명이 순간 꺼져 버렸다. 뒤이어 조명 두 개가 최영진과 김선영 아나운서에게 쏟아졌다.

"최영진 멋있다! 잘생겼다!"

"영진 오빠! 할 수 있어요!"

김수정이 손을 모아 소리쳤다. 이솔도 힘차게 용기를 복돋아주었다. 친동생들이나 마찬가지인 전국소녀 멤버들의 응원에 최영진이 용기를 머금었다.

덜덜 떨리던 손도 차츰 안정을 찾아갔다. 최영진이 마이크를 입으로 가져가며 김선영 아나운서를 내려다보았다. 그리고 천천히 입을 열었다.

"우리 어울림 식구들 앞에서 선영 씨한테 꼭 하고 싶은 이야기가 있었어요. 벌써 오래전부터 생각해 놓은 이야기입니다."

여기저기서 작은 환호성이 터졌다.

"……"

김선영 아나운서가 최영진을 올려다보며 미동도 하지 않고 있었다.

"저는 작은 기획사 로드 매니저였습니다. 군대를 전역하고 시골에서 농사는 짓기 싫고 해서 친구를 따라서 서울로 왔다가 고생만 했고, 다시 시골로 내려가려고 했었죠. 그러다 현우 형님이랑 태명 형님, 또 우리 어울림 식구들을 만나게 되었고요. 아마 세상에서 가장 운 좋은 사람을 꼽자면 바로 저 최영진일 겁니다. 저는 원래 욕심도 없고 능력도 없는 사람입니다. 솔직히 그렇죠, 현우 형님?"

최영진의 자기 고백에 현우가 쓰게 웃었다. 사실 최영진은 손태명이나 김정우에 비하면 여러모로 사업적인 수완은 부족했다.

"그래도 영진아, 넌 우리 어울림 식구들이 가장 믿고 의지할 수 있는 사람이다. 알고 있지? 그리고 네가 뭐가 능력이 없어? 전국소녀도, i2i 재결합도 다 네 작품인데."

현우의 말에 최영진이 고개를 끄덕였다. 그러고는 손태명을 쳐다보았다. 김은정의 손을 잡고 있던 손태명이 하하 웃었다.

"나까지? 굳이 말을 해야 하냐?"

"태, 태명 형님? 좀?"

도와달라는 뒷말을 삼키며 최영진이 애처로운 표정을 했다. 손태명이 픽 웃다가 입을 열었다.

"솔직히 내 입장에서는 영진이가 현우 저 녀석보다 낫지 뭐."

"저, 정말이죠, 태명 형님?"

"그래. 저 녀석이야 툭하면 미국 가버리니까."

"야, 내가 미국에 놀러 가냐?"

현우는 어이가 없어 항변을 했다.

"거의."

"인마? 비타민 주사 맞더니 돌았어?"

"오빠! 비타민 주사 좋은 거거든요?"

김은정이 버럭 소리를 질렀다. 순간 연회장이 웃음소리로 가득 찼다.

"고, 고 팀장?"

최영진이 이번에는 고석훈을 쳐다보았다. 늘 선의의 경쟁 관계에 놓여 있는 고석훈이었다.

"……."

고석훈이 무표정으로 최영진을 쳐다만 보았다. 엘시가 고석훈의 팔을 흔들었다.

"석훈 오빠? 뭐라고 해봐요! 영진 오빠 장가 좀 가게!"

"……."

"이, 이번에 앨범 나오면 무슨 수를 써서라도 이 비글들, 얌전히 활동시킬게요! 딜?"

크리스틴이 다급히 제안을 했다. 고석훈이 희미한 미소를 머금었다. 그러고는 최영진을 쳐다보았다.

"제가 여자였으면 최 팀장님이랑 결혼을 했을 겁니다."

"……."

"……."

고석훈의 파격 발언에 연회장이 싸해졌다.

"착하고 단순해서 다루기가 쉽습니다. 무슨 생각을 하는지 얼굴로 다 드러나기 때문에 싸울 일도 없을 겁니다."

고석훈의 추가 발언에 여기저기서 웃음이 터졌다.

그리고 가장 가까운 사이인 전국소녀 멤버들이 최영진에 대한 평가를 내놓기 시작했다.

"영진 오빠는 우리 멤버들을 정말 사심 없이 친동생처럼 대해주세요. 늘 감사해요, 영진 오빠."

"착해요. 호구 같긴 하지만."

김수정과 유지연의 발언이었다.

"배하나 정식만 먹으라고 했더니 일 년 동안 그것만 먹었어요. 바보 같긴 한데 진짜 착해."

"점심 먹을 때 매번 치킨 한 조각씩 달라고 해도 아무 말도 안 합니다!"

"야! 그건 착취야! 이지수!"

"지는? 넌 두 개씩 가져가면서?"

배하나와 이지수의 증언도 쏟아졌다.

"영진 오빠는 성실하고 마음이 따뜻해요. 일본에 있을 때도 잘 지내냐고, 건강하냐고 매번 챙겨주셨어요. 저희 부모님한테도 늘 먼저 연락을 해주시고 그래요. 감사합니다, 영진 오빠."

이솔의 평가도 나왔다. 이솔이 최영진을 바라보며 따뜻하게 웃어주었다.

최영진의 눈가가 붉어졌다. 자신감이 없어서, 겁이 나서 현우에게 말을 걸어보았는데, 여기저기서 따뜻한 진심들이 쏟아지고 있었다.

"태명 오빠 다음으로 괜찮은 남자일걸요? 현우 오빠는 너무 오지랖이 심해서 관리하기 힘들 거 같고. 응."

김은정의 평가도 이어졌다. 순간 송지유의 얼굴이 굳었다. 송지유가 김은정을 노려보며 입을 열었다.

"우리 현우 오빠 다음으로 괜찮은 남자."

"쏭? 너 그렇게 나오기야?"

"네가 먼저 시작했어."

"난 장난이었거든? 넌 어금니 꽉 물고 대답했잖아!"

"쩡, 그럼 너도 어금니 무세요."

"태명 오빠! 쟤 말하는 것 좀 봐요!"

김은정이 울상을 하곤, 손태명의 팔을 흔들며 칭얼거렸다. 송지유는 홱 고개를 돌렸다.

또 여기저기서 웃음이 터졌다.

최영진도 붉어진 눈동자로 웃음을 머금었다. 티격태격은 하고 있지만 김은정도 송지유도 진심이라는 것을 알고 있었다.

"여러분! 조용! 조용!"

현우가 소란스러운 장내를 진정시켰다. 그러고는 최영진을 쳐다보았다.

"영진아, 이제 마무리해야 하지 않겠어? 제수씨가 기다린다."

제수씨라는 호칭에 김선영 아나운서의 얼굴이 새빨개졌다.

"네! 형님!"

최영진이 현우를 보며 힘차게 고개를 끄덕였다.

그러고는 김선영 아나운서의 앞으로 다가와 한쪽 무릎을 꿇었다. 턱시도 상의에서 다이아몬드 반지가 등장했다.

최영진이 김선영 아나운서를 올려다보았다.

"선영 씨, 봤죠? 우리 어울림 식구들은 제가 좋은 사람이라고 해요. 하지만 그건 중요하지 않아요. 저는 오직 선영 씨에게만 좋은 사람, 좋은 남자가 되고 싶어요. 이제 저와 결혼해 주시겠습니까?"

"……"

"……"

연회장이 고요해졌다. 모든 것들이 그대로 멈춰 버린 것만 같았다. 김선영 아나운서가 대답 없이 손을 내밀었다.

"선영 씨?"

최영진의 얼굴이 환해졌다.

"네. 우리 결혼해요, 영진 씨. 고마워요."

김선영 아나운서의 승낙이 떨어지자 연회장에서 커다란 환호성이 쏟아졌다. 현우도 진심으로 기뻐하며 박수를 쳐주었다.

"……."

하지만 현우의 시선은 왠지 모르게 자꾸만 송지유에게로 향하고 있었다.

*　　　*　　　*

CV 그룹의 연회장에서 펼쳐졌던 최영진의 프러포즈는 다음 날 언론을 통해 대한민국 전역으로 퍼지기 시작했다. 큰 사랑을 받아왔던 최영진 커플의 결혼 소식이 알려지자 대한민국이 들썩이기 시작했다.

[특종! 어울림 F4 국민 남친 최영진 실장! 김선영 아나운서와 결혼한다!]

[어울림 엔터테인먼트 최영진 실장 완판! 어울림 F4 멤버 중 첫 유부남 탄생!]

[MBS 간판 김선영 아나운서, 어울림 엔터테인먼트 최영진 실장과 올 10월에 결혼!]

—최 실장님이 결혼이라니! ㅠㅠ 안 된다!

—영진 오빠! 결혼하지 마요!

─푸, 품절이라니! ㅜ

─결혼 축하드립니다! ㅋㅋ

─오오! 결혼! 영진 형님! 드디어 가십니까? 부럽습니다!

─난 이 결혼 반댈세! 최 실장님은 우리 거야!! ㅠㅠ

─결국 우려하던 일이 ㅠㅠ 이러다 우리 현우 회장님이랑 손 사장님이랑 줄줄이 다 결혼하는 거 아니에요? ㅜㅜ

─아ㅠ 우리들의 희망이

─왠지 보내주기 싫다 ㅠㅠ

─22222222222

─님아 그 강을 건너지 마오! ㅠㅠ

포털 사이트에 올라온 기사들마다 댓글들이 넘쳐나고 있었다. 결혼을 축하해 주는 대중들도 많았지만, 아쉬워하는 대중들도 그 숫자가 상당했다. 어울림 F4 멤버로서, 국민 남친으로서 쌓아놓은 최영진의 인기가 무시 못 할 수준이었기 때문이었다.

"후우, 영진이도 마냥 쉽지는 않겠는데?"

현우가 운전석에서 핸드폰을 들여다보며 한숨을 내쉬었다. 최영진의 일이 남 일 같지가 않았다.

현우가 운전석 뒤로 몸을 묻었다. 어제 연회장에서 벌어졌던 최영진의 프러포즈 사건이 생생하게 떠올랐다.

"……."

같은 남자로서 부럽지 않다면 거짓말이었다. 현우의 미간이
좁혀졌다.

"후우."

한숨을 내뱉으며 현우가 몸을 일으켰다. 그리고 조수석에
놓여 있던 꽃다발을 들고는 차에서 내렸다.

가로등이 켜져 있는 오솔길을 걷다 보니 저택 입구에 익숙
한 실루엣이 보였다. 송지유였다.

"오빠~"

송지유가 손을 흔들고 있었다. 현우도 빙그레 웃으며 걸음
을 재촉했다.

"왜 나와 있어? 밤공기 차다."

"괜찮아요. 오빠가 있잖아요."

"그렇지?"

현우가 슥, 꽃다발을 내밀었다. 송지유가 환하게 웃었다.

"오늘 무슨 날이에요? 갑자기 웬 꽃 선물?"

"지유랑 있으면 하루하루가 특별한 날이지."

그렇게 말하곤 현우가 슈트 상의를 벗어 송지유의 어깨에
걸쳐주었다. 꽃향기를 맡아보며 송지유가 행복한 표정을 머금
었다.

"……."

현우는 그런 송지유를 지긋이 쳐다만 보았다. 한참 동안 꽃 향기를 맡으며 행복해하던 송지유가 꽃다발을 볼에 척 가져다 대었다.

"꽃다발 두 개~"

"하하."

어지간하면 보기 힘든 송지유의 애교에 현우가 소리 내어 웃었다. 송지유가 현우의 팔에 팔짱을 꼈다.

"우리 좀 걸을래요?"

"그럴까?"

현우가 고개를 끄덕거렸다.

경기도 외곽 휴양림을 통째로 사들여 지은 대저택이었다. 거대한 저택만큼이나 근처에 조성해 놓은 둘레 길도 훌륭했다.

가로등이 은은하게 밝혀주는 숲길을 현우와 송지유가 천천히 걷기 시작했다.

"오늘도 일이 많았어요?"

송지유가 걱정스레 현우를 올려다보았다. 한국으로 돌아온 후부터 왠지 모르게 얼굴이 핼쑥해진 현우가 걱정이 되었다.

"일이야 한국에서나 미국에서나 늘 많지 뭐. 괜찮아. 근데 말이야… 은근히 태명이가 일을 몰아서 주는 느낌이 들어. 나 벌받고 있나 봐."

송지유가 걱정을 할까 일부러 장난기 가득한 대답을 하는 현우였다. 송지유가 살짝 웃었다.

"오빠랑 태명 오빠만 보면 사람들이 웃는 이유를 알 것 같아요."

"그 녀석이랑은 정 때문에 사는 거지 뭐."

"못 말려."

송지유가 현우를 쳐다보며 눈을 흘겼다.

"언제 한가해지는 거예요?"

"음, 당분간은 바쁠 거 같아. 소녀혁명도 지금 한창 바쁠 시기고, 지유 너도 알다시피 드림걸즈 아이들도 곧 컴백이잖아."

"우리 오빠는 계속 바쁘겠네요?"

"그렇지 뭐."

"일이 힘들지는 않죠?"

송지유가 걸음을 멈추곤 현우를 올려다보았다. 현우도 가만히 서서 송지유를 마주했다.

새하얀 얼굴에 그려 넣은 것 같은 이목구비. 무엇보다 송지유의 눈동자는 정말로 아름다웠다. 꼭 보석을 보는 것 같았다.

걱정이 가득 담긴 보석 같은 눈동자를 보자 현우는 미안한 마음이 또 강하게 들었다. 연회장에서 벌어졌던 일들이 재생되며 머릿속이 복잡해졌다.

"오빠."

"……."

"오빠?"

"……."

"김태식 씨?"

"어, 어? 응."

"무슨 생각을 그렇게 하는 거예요?"

"…그냥 이런저런 생각? 어떻게 하면 우리 지유를 더 행복하게 해줄까, 뭐 이런 거?"

현우가 쓰게 웃으며 말했다. 송지유가 몇 걸음을 옮겨 벤치에 앉았다. 현우도 걸음을 옮겨 송지유의 옆에 앉았다. 송지유가 현우의 어깨에 기대어왔다.

"어제 있었던 일 때문에 그러는 거죠?"

"……."

"영진 오빠가 그렇게 부러워요?"

"……."

송지유의 물음에도 현우는 차마 대답을 할 수가 없었다. 현우와 송지유 사이에 잠시 침묵이 감돌았다.

"지유야."

"오빠."

"네가 먼저 말해."

"오빠가 먼저 말해요."

결국 현우와 송지유가 서로를 보며 웃었다. 현우가 진지한 얼굴로 송지유를 내려다보았다.

"어제 말이야. 지유도 부, 부러웠니?"

현우가 조심스레 물었다. 송지유가 고개를 끄덕거렸다.

"조금은요? 부럽지 않았다라고 말하면 거짓말일 테니까."

"…미안하다."

현우가 나지막하게 내뱉은 한마디에 송지유가 눈을 크게 떴다. 그러고는 입술을 깨물고 현우를 쳐다보았다. 불만 가득한 송지유를 보곤 현우가 당황해했다.

"마, 많이 부러웠구나?"

"그런 거 아니예요."

"그럼?"

"오빠가 미안하다고 말을 하는 거. 마음에 안 들어요. 지금도 충분해요, 아니, 과분해요. 나 때문에 미국까지 따라온 사람이 오빠예요. 기다릴 수 있어요. 그러니까 마음 풀어요. 영진 오빠 부러워하지도 말고. 이럴 때 보면 영락없는 꼬마 소년 같아. 현우 어린이 많이 부러웠어요? 그랬어요?"

송지유가 현우의 머리를 쓰다듬어 주며 꼬마 아이를 달래듯 현우를 달랬다. 현우가 피식 웃었다.

"그리고 우리 둘이 결혼하려면 넘어야 할 산들이 많을 거예요."

"그럴 거다."

현우와 송지유가 동시에 짧게 한숨을 내쉬었다.

세기의 커플이라 불리며 큰 사랑을 받고 있는 현우와 송지유였지만, 만약 진짜로 결혼을 한다고 한다면 어떤 반응이 나올지 걱정이 되었다.

오래전, 이미 한 번 큰 사건을 겪었던 적이 있던 현우와 송지유였던지라 걱정을 안 할 수가 없었다.

물론 기우에 그칠 수도 있었다. 비밀 연애를 했던 그때와 당당히 공개 연애 중인 지금은 상황 자체가 달랐기 때문이었다.

하지만 가장 큰 문제는 현우와 송지유, 두 사람의 위치에 있었다.

한국 활동을 쉬고 있기는 했지만 아직도 어울림 하면 가장 먼저 송지유를 떠올릴 만큼 송지유는 어울림의 간판이자 힘이었다.

그런데 대한민국의 최고 스타인 송지유가 결혼을 한다? 그 파급력이 어떨지 예측이 불가할 정도였다. 현우 역시 어울림 엔터테인먼트에 소속되어 있는 수백 명의 식구들을 책임질 의무가 있는 수장이었다.

결국 현우나 송지유나 본인들의 위치에 따른 의무와 책임감에 발이 묶여 있는 상황이었다.

"가진 게 많을수록 고통은 커진다더니, 정말로 그럴 줄은 몰랐네. 후우."

현우가 씁쓸하게 웃었다.

"지혜가 어제 그랬어요."

"지혜?"

현우가 송지유를 쳐다보았다.

"3년만 기다리래요. 그러면 자기가 나를 뛰어넘어 줄 테니, 그때 편안하게 오빠랑 결혼할 수 있게 해준다고요."

"하하."

현우가 조용히 웃음을 터뜨렸다. 17살짜리 소녀치곤 제법 뼈가 있는 말이었고, 무엇보다 신지혜의 마음 씀씀이가 기특했다.

"그래서 뭐라고 했어?"

"쉽지 않을 거라고 했어요."

송지유가 현우를 보며 작게 웃었다. 농담이긴 했지만 엄연한 사실이기도 했다.

"휴~ 이 죽일 놈의 인기."

"하하, 지유 네가 다연이도 아니고 그런 말도 할 줄 알아?"

송지유의 농담에 현우가 눈을 크게 뜨고는 웃었다.

"오빠, 이러다 나 쭈글쭈글 할머니가 될 때쯤에 결혼하는 거 아니에요?"

송지유가 입을 쭉 내밀며 새침한 표정을 했다.

"지유 너라면 가능한 이야기인데 말이지."

"그럼 평생 결혼 안 하겠다는 소리예요?"

"아, 아니, 그건 아니지."

"몰라요!"

송지유가 벤치에서 일어나 현우를 향해 볼을 부풀렸다.

그러다 저택을 향해 성큼성큼 걷기 시작했다. 갑작스레 송지유가 토라져 버리자 현우가 급히 따라가 송지유의 팔을 잡았다.

송지유도 고개를 돌리곤 배시시 웃어 보였다. 현우가 안도의 한숨을 내쉬었다.

"후우, 진짜 삐진 줄 알고 놀랐잖아?"

"아직도 내가 스무 살 적 송지유인 줄 알아요?"

"그때도 귀여웠어. 냉기 풀풀 풍기면서 톡톡 쏘는 맛이 그냥."

현우가 빙그레 웃었다. 송지유도 풋 웃고는 현우의 품으로 안겨들었다. 송지유의 등을 토닥이며 현우가 속삭였다.

"사실 나한테 좋은 생각이 하나 있기는 해."

"좋은 생긱?"

송지유가 품 안에서 현우를 올려다보며 물었다.

"일단 태명이랑 상의를 좀 하고, 확실해지면 말해줄게."

"알았어요. 근데 또 태명 오빠예요?"

송지유가 눈을 찌푸렸다. 1일 1태명이라고 오늘도 어김없이 손 부인이 등장을 했다.

"나 바지 회장이잖아, 지유야."

"……."

스스럼없는 현우의 농담에 송지유가 눈동자만 깜빡거렸다.

*　　　*　　　*

어울림 본사 근처 삼겹살 가게. 늦은 시각인지라 가게 안은 한산했다. 드르륵, 낡은 철문이 열리며 손태명이 들어섰다.

"왔냐?"

먼저 와서 삼겹살을 굽고 있던 현우가 손태명을 반겼다. 손태명이 현우의 앞자리로 털썩 앉았다.

"뭐야? 네가 고기도 구워?"

"너 배고플까 봐 미리 구워놓고 있었지."

현우가 넉살 좋게 대답했다. 손태명이 안경을 고쳐 쓰곤 현우를 빤히 쳐다보았다.

"나랑 있을 때는 고기 한 번 안 굽는 자식이 오늘 왜 이러지?"

손태명이 집게를 빼앗으며 물었다.

"뭐가? 넌 매번 뭐가 그렇게 못마땅하냐?"

"김현우, 너는 한순간도 방심을 할 수가 없는 놈이잖아."

"그건 맞긴 하지."

현우가 고기를 굽고 있는 손태명을 보며 고개를 끄덕거렸다.

"고기는 말이야. 너무 자주 뒤집으면 육즙이 빠진다고. 알았어?"

손태명이 삼겹살을 뒤집으며 현우를 타박했다. 현우가 머리를 긁적였다.

"또 잔소리냐? 지유한테도 안 듣는 잔소리를 왜 네가 해?"

"지유가 안 하니까 나라도 해야지. 안 그래?"

"그건 또 맞는 소리 같긴 하네."

현우가 쓰게 웃었다. 손태명이 잘 구워진 삼겹살 한 점을 현우의 앞 접시에 올려놓았다.

"쌈은 안 싸줘?"

"싸우자고?"

"농담이다. 농담."

현우가 피식 웃었다. 손태명도 현우를 보며 픽 웃었다.

"금주령은?"

손태명이 현우의 소주잔에 소주를 채워주며 물었다. 현우가 의기양양한 미소를 지어 보였다.

"어제부로 당분간 해제."

"오호?"

손태명이 기분 좋게 웃으며 현우로부터 소주를 받았다. 두 친구가 동시에 잔을 비워냈다.

그렇게 몇 잔이 오고 갔다. 손태명이 현우의 앞 접시에 삼겹 살을 놓고는 집게를 테이블 한쪽에 내려놓았다.

"자, 그래서 할 말이 뭐야? 오늘은 서론이 좀 길다?"

"눈치채고 있었냐?"

"당연하지. 내가 널 하루 이틀 보냐?"

"무서운 놈."

현우가 고개를 흔들었다.

"빨리 말해. 잠깐이나마 은정이 보러 가야 하니까."

"비타민 먹으러 가는 거냐?"

"시끄럽고 본론이 뭔데?

손태명이 현우를 재촉했다. 현우가 냉수를 한 모금 마시고 는 조용히 입을 열었다.

"태명아."

"어."

"나 지유랑 결혼하려고."

"어? 어어?!"

손태명이 너무 놀라 쩍 입을 벌리며 그대로 굳어버렸다. 그러다 손태명의 표정이 진지해졌다.

"너 혹시 어제 영진이가 프러포즈하는 거 보고 그러는 거야?"

"아니."

"그럼?"

"지유를 만나고 오는 길이야. 그리고 오늘 확신이 섰어. 사실 어제 영진이 프러포즈도 있고 해서 미안한 마음에 지유를 찾아갔거든. 아무래도 서운해할 것 같아서 말이야."

"……"

손태명이 고개를 끄덕이며 경청했다.

"그런데 지유가 오히려 나를 위로하더라. 그리고 그 순간 확신이 서더라. 지유랑 결혼해야겠다고."

"……"

손태명이 팔짱을 낀 채로 현우를 응시했다.

늘 쓸데없이 자신감 넘치고 어디로 튈지 모르는 친구가 바로 현우였다. 그런데 그런 현우가 그 어느 때보다도 진지했다. 지금의 현우는 죽마고우인 손태명도 처음 보는 모습이었다.

침묵 가운데서 시간이 흘러갔다. 지글지글, 삼겹살 익는 소리가 유난히 크게 들려왔다.

"……"

손태명이 말없이 현우의 잔에 소주를 따라주었다. 그러고
는 본인의 잔에도 소주를 채웠다.

"마셔."

손태명이 먼저 소주잔을 비워냈다. 현우도 뒤따라 소주잔
을 비워냈다.

"하아, 젠장."

손태명이 심각한 얼굴로 생각에 잠겼다.

현우와 송지유의 결혼. 비단 두 사람만의 문제가 아니었다.
송지유는 지금의 어울림을 존재하게 한 상징적인 존재였다.

전국소녀, 드림걸즈, 그리고 요즘 인기몰이를 하고 있는 소
녀혁명까지. 가요계를 뒤흔드는 걸 그룹을 세 팀이나 보유한
어울림이었지만, 어울림의 진정한 힘은 송지유란 존재에서 기
인하고 있었다.

"후우."

현우도 길게 한숨을 내쉬며 친구인 손태명을 쳐다보았다.
냉철하고 합리적인 성격의 손태명이었다. 머릿속이 복잡할 것
이 불 보듯 뻔했다.

그리고 설령 손태명이 반대를 한다고 하더라도 당연하다는
생각도 들었다. 손태명은 그럴 자격이 있는 존재였다.

"……"

손태명이 비워진 잔을 한참이나 쳐다보다 고개를 들었다.

"현우야."

"그래."

"해라."

"응?"

"하라고. 결혼."

"태명아?"

현우가 깜짝 놀랐다. 손태명답지 않은 의외의 대답이었다. 손태명이 길게 한숨을 내쉬면서 말을 이어갔다.

"사람들이 장난으로 바지 회장, 바지 회장 하니까 너 진짜로 그런 줄 아나 본데, 애석하게도 현우 네가 없었으면 지금의 나도 없고 어울림도 없어."

"……"

"그동안 나도 그렇지만 너도 열심히 앞만 보고 달려왔다고 생각한다. 이제 보상을 받을 때야."

"태명아……."

감동을 받은 현우의 눈동자가 붉어졌다.

"닭살 돋으니까 그만해. 그리고 우리도 충분히 해먹었어. 뭐 물론 앞으로도 계속해서 우리 어울림이 해먹을 거지만."

손태명이 부드러운 미소를 머금었다.

그러다 손태명이 한숨과 함께 집게를 내려놓으며 물었다.

"일단 나랑 어울림 식구들한테 결혼 승낙은 받았다고 치자고. 이제 남은 건 팬들이잖아? 너랑 지유가 결혼을 한다고 하면 대한민국이 뒤집어질 거야. 난리가 날 거라고."

"어느 정도는 예상하고 있어. 그래서 말인데, 팬들의 승낙을 받을 만한 거리를 만들면 되는 거 아냐?"

"단순하게 생각하면 그런 셈이지."

손태명도 현우의 말에 공감을 했다. 어쨌든 현우의 말은 틀린 말은 아니었다. 하지만 과연 어떻게 대중들을 납득시킬 수 있느냐가 문제였다.

"태명아, 내일 당장 비상 회의 소집해."

현우의 느닷없는 결정에 손태명이 픽 웃었다.

"갑자기?"

"이게 원래 나잖아, 태명아."

"하하, 하긴 이래야 김현우답지."

손태명의 말에 현우도 씩 웃었다.

3장

외전11 — 한국 편IV

　검은색 무광 스포츠카가 이른 아침부터 도로를 달리고 있
었다. 운전석에는 현우가, 그리고 조수석에는 송지유가 앉아
있었다.

　송지유가 콧노래를 흥얼거리고 있는 현우를 살펴보았다.

　"어제 태명 오빠랑 무슨 이야기 했어요?"

　"아니, 별다른 이야기는 안 했어. 그냥 간만에 한잔한 거지
뭐."

　"근데 뭐가 그렇게 기분이 좋아요? 수상해."

　송지유가 눈을 가늘게 떴다. 현우가 씩 웃기만 했다. 송지유

가 현우의 팔을 잡고 흔들었다.

"이젠 태명 오빠랑 비밀 이야기도 만드는 거예요?"

마침 신호등이 걸려 현우가 운전대를 놓았다. 그리고 송지유를 슥 쳐다보았다.

"비밀 이야기라… 뭐 틀린 말은 아니네."

"궁금하단 말이에요."

송지유가 졸랐다. 현우가 빙그레 웃었다.

"곧 자연스레 알게 될 거야."

"정말로 말 안 해줄 거예요?"

"일단은."

"치."

얼굴은 웃고 있었지만 나름 단호한 현우였다. 결국 송지유도 더 이상 묻지는 않았다.

그사이 두 사람을 태운 스포츠카가 어울림 신사옥으로 들어섰다. 출근 시간대라 그런지 어울림 직원들의 모습이 보였다. 주차장에 간단하게 주차를 한 다음 현우가 먼저 운전석에서 걸어 나왔다.

"안녕하세요, 회장님!"

직원들이 현우를 발견하곤 꾸벅 인사를 해왔다. 현우도 손을 흔들어 보였다.

"좋은 아침들입니다."

"오늘도 일찍 출근하셨네요, 회장님?"

"출근 시간에 늦으면 12층 그 녀석이 난리예요. 알죠?"

여직원들이 현우를 보며 호호 웃었다. 그러다 갑자기 여직원들이 웃음기를 싹 지워 버렸다.

"송지유다!"

"세상에, 진짜야!"

대신 비명을 지르며 호들갑을 떨기 시작했다. 스포츠카 조수석에서 송지유가 등장했기 때문이었다. 출근을 하고 있던 직원들의 시선이 일제히 송지유에게로 쏠렸다.

"안녕하세요? 송지유입니다."

송지유가 살짝 미소를 머금으며 어울림 직원들에게 인사를 해주었다. 여기저기서 환호성이 쏟아졌다.

"인기, 여전한데?"

현우가 뿌듯한 표정을 했다. 송지유가 그런 현우를 보며 작게 한숨을 내쉬었다.

"감사하긴 한데, 죄송하기도 하고."

"그러니까 회사에 출근 좀 해. 모처럼 한국 왔는데 집에만 있지 말고."

뒤쪽에서 엘시의 목소리가 들려왔다. 편안한 운동복 차림의 엘시가 직원들을 향해 살랑살랑 손을 흔들었다.

"하이? 오늘도 모닝커피 콜?"

"콜!"

직원들이 일제히 콜을 외쳤다. 엘시가 헤헤 웃으며 손가락으로 송지유를 가리켰다.

"오케이! 오늘은 송지유가 모닝커피 쏜다!"

"……."

갑자기 분위기가 싸해졌다. 직원들이 송지유의 눈치를 살피기 시작했다.

신사옥 완공 후에도 어울림은 소속 아티스트들과 직원들 간의 경계가 존재하지 않는 회사였다. 구내식당에서도 자유롭게 어울리며 식사를 하곤 했다. 덕분에 직원들에게 있어서 엘시는 친근한 가족 같은 존재였다.

반면 송지유는 달랐다. 어울림 신사옥이 완공된 이후에도 할리우드에서 활동을 쭉 이어왔기에 접점이 없었다. 오늘 출근길에서 송지유를 처음 본 직원들이 대다수였다. 무엇보다 '얼음 여왕'이라는 이미지 때문에 다들 송지유를 어려워하고 있었다.

"뭐 해? 내가 운을 띄워줬으면 마무리는 네가 해야지, 지유야?"

엘시가 송지유에게 작게 속삭였다. 송지유가 고개를 끄덕거리며 직원들을 향해 입술을 뗐다.

"모닝커피에."

직원들이 긴장을 머금곤 송지유가 무슨 말을 할지 귀를 기울였다. 살짝 기대도 했다.

"송지유 정식도 콜?!"

송지유가 엘시처럼 손을 높이 들며 호기롭게 소리쳤다. 나름 직원들과 친해지려고 평소 안 하던 애교까지 부린 송지유였다.

"……"

"……"

환호성을 보낼 준비를 하고 있던 직원들이 일제히 입을 다물었다. 그리고 당황을 하기 시작했다.

"전 다, 다이어트 중이라서. 호호."

"전 성이 도씨라 도라지 알레르기가."

여기저기서 변명들이 쏟아졌다. 송지유가 뭐가 잘못되었냐는 듯 현우와 엘시를 번갈아 쳐다보았다.

"큭!"

현우가 간신히 웃음을 참았다. 엘시는 고개를 저었다.

"송지유, 넌 글렀다. 차라리 욕을 해. 송지유 정식이라니? 직장인들의 소소한 낙이 점심시간이라는 거 몰라?"

"송지유 정식이 어때서요? 우리 오빠도 매일 그거 먹고 감기 한 번 안 걸려요!"

"확실해? 아마 아닐걸?"

엘시의 밀고에 송지유가 현우를 팩 노려보았다. 현우가 뒤통수를 긁적거렸다.

"가, 가끔 다른 것도 먹긴 해."

"오빠!"

"여, 여러분, 오늘은 송지유 정식으로 통일합시다. 예?"

현우가 생존을 위해 급하게 직원들을 설득하기 시작했다. 직원들에게 도와달라며 연신 눈짓으로 신호도 보냈다.

*　　　　*　　　　*

승강기 안, 현우가 정말 오랜만에 송지유의 눈치를 보고 있었다.

"내가 요리를 그렇게 못해요, 오빠?"

"아, 아니? 지유 정도면 훌륭하지."

"아버지를 아버지라 못 부르고. 형님을 형님이라 못 부르고. 가련한 인생~ 그 이름은 홍길동."

엘시가 타령을 흥얼거렸다. 현우가 엘시를 노려보았다.

"하필 아침부터 널 만나가지고, 후우."

"내가 뭘요? 그동안 회사에서 벌였던 오빠의 악행을 생각해 보세요."

"악행? 내가 뭘?"

현우가 억울해했다. 송지유가 삐죽 입을 내민 채 현우의 반대편으로 고개를 돌렸다.

현우가 엘시를 쳐다보며 소리 없이 험악한 인상을 지어 보였다. 엘시는 그저 헤헤 웃기만 했다.

토라져 있던 송지유가 다시 고개를 돌렸다.

"알았어요. 후안한테 요리 배울게요."

"어어?"

현우가 화들짝 놀랐다. 나름 자신만의 건강 요리에 자부심을 가지고 있던 송지유였다. 그런 송지유가 요리를 배우겠다는 말을 하고 있었다.

"지, 지유야? 어디 아프니? 너 그럼 안 돼. 그 신박한 건강 요리를 관두면 네 캐릭터에 치명타가……."

엘시도 당혹해하며 송지유의 이마에 손을 올렸다.

"열은 없는데? 지유야, 내가 잘못했어. 그냥 아침부터 현우 오빠랑 널 만나서 반가운 마음에 장난 좀 친 거야. 흑흑."

엘시가 우는 시늉까지 했다.

"다 들었어요. 송지유 정식이 매출 꼴찌라면서요. 나 자존심 상했어요. 두고 봐요. 매출 1등으로 올라갈 거니간."

송지유가 전의를 불태우며 두 주먹을 꼭 쥐었다.

"……."

"……."

현우도 엘시도 더 이상은 할 말이 없었다. 현우와 엘시가 서로를 보며 동시에 한숨을 내쉬었다. 현우를 포함해 또 얼마나 많은 어울림 식구들이 송지유의 요리 시식 상대로 희생을 당할지 앞날이 깜깜했다.

띵! 마침 세 사람을 태운 승강기가 12층 대회의실에서 멈추었다. 승강기 문이 열리며 현우와 송지유가 내렸다. 그리고 엘시가 그 뒤를 따랐다.

"다연이 너는 왜 따라와?"

"나도 들은 게 있거든요. 같이 가요."

"언니도 알아요?"

송지유가 걸음을 멈추고 엘시를 쳐다보았다. 엘시가 한차례 현우를 살피고는 씩 웃었다.

"현우 오빠가 아직 말 안 했구나?"

"대체 무슨 일인데 그러는 거예요? 나만 혼자 모르는 거 같은데?"

송지유가 엄한 얼굴로 현우에게 물었다. 현우가 대답 대신 송지유의 양어깨를 부여잡고는 그대로 대회의실로 이끌었다.

"오빠? 뭔데요? 응?"

송지유가 계속해서 물어왔다.

"일단 가보면 알아."

"네?"

송지유가 물었지만 현우가 애써 웃음을 머금고는 대회의실 문 앞까지 당도했다.

"잠깐! 오빠, 지유 눈 가려요!"

"오케이!"

이럴 땐 죽이 척척 맞는 의남매였다. 현우가 서둘러 송지유의 두 눈을 가렸다.

"그럼 개봉 박두!"

엘시가 대회의실 문을 열었다. 현우도 동시에 손을 내렸다. 팡! 팡! 이곳저곳에서 폭죽이 터졌다.

"이게 다 뭐예요?"

송지유가 깜짝 놀랐다.

커다란 대회의실엔 어울림 임원들과 소속 아티스트들이 이른 아침 시간대부터 총출동해 있었다.

송지유의 얼굴에 자연스레 환한 미소가 지어졌다.

"꼬마들?"

"네!"

엘시의 목소리에 소녀혁명 멤버들이 기다란 끈을 잡아당겼다. 스르륵! 천장에 걸려 있던 현수막이 반듯하게 펴졌다.

"오빠?"

현수막에 적혀 있는 글귀를 보며 송지유가 곧장 현우를 쳐다보았다. 현수막에는 '국민 가수 송지유 가요계 컴백 대(大)프로젝트'라는 휘황찬란한 글귀가 적혀 있었다.

"송지유는 배우이기 전에 가수지."

"당연하죠. 그냥 가수가 아니라 국민 가수입니다."

손태명과 최영진이 나란히 포문을 열었다.

어울림 식구들이 송지유가 무슨 말이라도 하기를 기다렸다.

"……."

송지유가 가만히 고개를 숙였다.

오래전 쫓기듯 미국으로 도망을 가버린 탓에 준비 중이던 리메이크 앨범의 발매가 무기한 연기되었다. 그리고 그 후로도 할리우드에서 영화를 찍고 배우로 활동을 하느라 오랜 기간 노래를 내려놓았던 송지유였다.

"난 지유가 다시 노래했으면 좋겠어. 친구로서가 아니고 팬으로서 말하는 거야."

"응. 지유는 노래할 때가 가장 예뻐."

김은정과 서유희도 자신들의 의견을 내놓았다.

"갓 지유 하면 노래지. 설마 겁먹은 건 아니지? 쫄?"

"이다연!"

엘시가 눈을 찡긋하며 말했고, 크리스틴이 그런 엘시를 나무랐다.

"신배님, 노래 꼭 다시 듣고 싶어요."

"나도! 요즘도 잘 때마다 지유 언니 노래 듣고 자는데."

이솔과 배하나도 말을 보탰다.

"언니, 나한테 지기 싫으면 앨범 내는 게 좋을걸?"

"야, 이 폭스야, 미쳤어? 감히 대선배님한테?"

"나 신지혜야!"

"그래. 넌 신지혜 맞는데, 저기 저분은 갓 지유라고. 갓 지유. 너 갓이 뭔 줄 몰라?"

"알지?"

"근데 이런다고?"

"응."

"폭스가 드디어 미쳤네."

신지혜의 자신감 넘치는 태도에 성희연이 기겁을 했다. 열심히 다투는 신지혜와 성희연을 쳐다보며 어울림 식구들이 웃음을 터뜨렸다.

"조용히 좀 해! 선배님들이 우리만 쳐다보잖아! 창피하게 정말!"

오수정이 신지혜와 성희연을 말리느라 애를 썼다. 결국 송지유가 풋 하고 웃었다.

"삼촌! 언니 웃었다!"

신지혜도 송지유를 보며 헤헤 웃었다.

조용히 웃던 송지유가 이내 짧게 한숨을 내쉬었다. 솔직히 두려웠다. 이제는 배우로서의 송지유가 익숙한 대중들이었다.

다시 노래를 불렀을 때 대중들이 어떤 반응을 보일지가 두렵고 무서웠다.

"…지유야."

현우가 나지막하게 송지유를 불렀다.

송지유가 무슨 생각을 하고 있고, 또 어떤 감정을 느끼고 있는지 그 누구보다도 잘 알고 있는 사람이 바로 현우였다.

두려울 것이 분명했다. 하지만 반대로 현우는 송지유가 다시 많은 사람들 앞에서 노래를 부르고 싶어 한다는 것도 잘 알고 있었다.

"……."

현우가 송지유의 눈동자를 들여다보았다. 보석 같은 눈동자가 갈등으로 갈 곳을 잃은 상태였다. 현우가 지그시 송지유를 쳐다보았다.

"…다시 노래하자."

"……."

"아직도 네 노래를 듣고 싶어 하는 사람들이 많아."

"……."

"다들 아무런 말없이 조용히 너를 기다리고 있을 뿐이야."

"정말… 그럴까요?"

송지유가 조심스레 현우에게 물었다. 현우가 고개를 끄덕거렸다.

"그럼. 정말 많은 사람들이 좋아할 거야. 그리고 아직 할 말이 더 남아 있어."

"……?"

송지유가 의문에 찬 눈동자로 현우를 바라보았다. 현우의 입가에 서서히 미소가 번져갔다.

"새 앨범 내고 우리 당당하게 결혼하자."

"…오빠?!"

송지유가 크게 놀라 멍하니 현우를 쳐다보았다. 너무 놀라 당황해하고 있는 송지유를 보며 현우가 피식 웃었다.

"새 앨범, 사실 우리 결혼하니까 예쁘게 봐달라고 팬들한테 주는 일종의 뇌물이야. 아, 우리한테는 혼수가 되는 건가? 맞지, 태명아?"

"맞기는 한데, 그 혼수 제작비는 다 왜 내가 내는 것 같은 기분이 드는 건데?"

"다 기분 탓이야, 태명아."

"하하."

손태명이 부드럽게 웃었다. 어울림 식구들도 웃음을 터뜨렸다. 못 말리는 브로맨스를 쳐다보며 웃던 송지유가 현우를 올려다보았다. 그리고 더없이 행복한 미소와 함께 눈물을 글썽였다.

"고마워요, 오빠. 그리고 나도 오빠랑."

"잠깐, 오늘이 정식 프러포즈는 아니야. 일종의 맛보기 프러포즈라고나 할까? 정식 프러포즈는 기대해도 좋아."

"…응. 알았어요. 고마워요."

송지유가 현우의 품으로 안겼다. 현우가 송지유의 등을 토닥거렸다.

"아~ 내 님은 어디에 있나?"

엘시가 부러운 눈동자로 현우와 송지유를 쳐다보았다.

"내 님은 여기에 있는데."

김은정이 손태명의 팔에 팔짱을 끼며 중얼거렸다. 엘시가 얼굴을 구겼다.

"약 올릴래? 있는 사람들이 더 한다더니. 한 커플은 연회장에서 염장을 지르고 또 한 커플은 가족들 모아놓고 이러고 있고, 또 한 커플은 휴~"

엘시의 하소연에 여기저기서 웃음이 터졌다.

*　　　*　　　*

7층에 위치한 구내식당, 점심시간을 맞이하여 현우를 비롯해 어울림 임원들과 아티스트들이 총출동해 있었다. 보기 드문 광경에 어울림 직원들도 눈을 휘둥그레 뜰 정도였다.

반가움이 담긴 직원들의 인사가 빗발쳤다.

그리고 현우와 송지유 일행도 직원들처럼 무인 결제기 앞으로 줄을 섰다. 현우가 앞에 서 있는 직원 한 명에게 넌지시 말을 걸었다.

  "오늘은 송지유 정식 어때요?"

  "지유 님 정식이요? 헉? 지, 지유 님이다!"

  뒤늦게 송지유를 발견한 직원이 깜짝 놀랐다. 그리고는 무인 결제기 화면을 쳐다보며 심각하게 갈등을 하기 시작했다. 결국 보다 못한 송지유가 입을 열어야 했다.

  "괜찮으니까 드시고 싶은 메뉴 드세요."

  "그, 그래도 될까요?"

  "당연하죠."

  송지유가 환히 미소를 지어주었다. 송지유의 미소에 직원이 멍한 표정을 짓다가 자기도 모르게 '송지유 정식'을 눌러 버렸다.

  "우리 지유 님도 처음 뵙는데, 오늘 하루는 건강식으로 먹겠습니다!"

  "정말 괜찮으세요?"

  송지유가 걱정스레 물었다. 직원이 씩씩하게 고개를 끄덕거렸다.

  "당연하죠! 그럼 아, 악수 한 번만 어떻게?"

  "좋아요."

송지유와 짧게 악수를 나눈 직원이 행복한 얼굴을 했다.

"저, 저도! 송지유 정식이요!"

"저도 먹겠습니다!"

여기저기서 남자 직원들의 '송지유 정식' 즉석 인증이 쇄도하기 시작했다. 그리고 보란 듯이 결제를 하곤 송지유와 악수를 나누기 시작했다.

어쩌다 보니 즉석에서 작은 악수회가 펼쳐졌다. 송지유와 악수를 나눈 직원들이 환호성들을 지르며 기뻐했다. 몇몇 직원들의 과한 반응에 송지유도 연신 웃음을 터뜨렸다.

"하여간 남자들이란."

엘시가 쯧 혀를 찼다. 현우가 그런 엘시를 보며 쓴웃음을 머금었다.

"지유가 부럽다면 부럽다고 해."

"뉴 페이스라 그런 거예요. 내가 남자를 모를 거 같아요?"

"그렇게 남자를 잘 아는데, 언니는 왜 솔로예요?"

"……."

유나의 일침에 엘시가 뾰로통한 얼굴을 했다. 가만히 지켜보고 있던 배하나가 유나를 쳐다보았다.

"유나 선배님도 솔로잖아요?"

"그, 그러네?"

배하나의 말에 유나도 시무룩해했다.

"하나 언니도 솔로면서 왜 유나 선배님 괴롭혀?"

"지혜야? 난 안 만드는 거야."

"식탐 때문에 못 만드는 거겠지."

신지혜의 일침과 이지수의 일침에 배하나가 얼굴을 붉혔다.

"다들 그만! 우리 회사에 내리 갈구는 분위기 조성하지 말자! 우리의 적은 저 요망한 것들이야!"

엘시가 송지유와 김은정을 가리키며 말했다.

"……."

"……."

어울림 소속 걸 그룹 멤버들이 일제히 송지유와 김은정을 향해 부러움과 시기가 뒤섞인 시선을 보냈다. 잠자코 있던 김은정이 마침내 입을 열었다.

"부럽다면 부럽다고들 하시지? 이거 왜들 이러시는지?"

"어? 김은정, 연애하더니 변했네?"

"원래 사랑은 사람을 변하게 하는 거거든요?"

"너 송지유 한국 왔다고 까부는 거야?"

"뭐 그럴 수도 있고. 난 태명 오빠가 있잖아요?"

김은정이 손태명의 등 뒤로 숨어버렸다. 그러고는 얼굴을 살짝 내밀어 엘시를 약 올렸다.

"안 되겠다, 얘들아! 전쟁이야! 전쟁!"

순식간에 장내가 소란스러워졌다.

가만히 지켜보고 있던 손태명이 한숨을 내쉬었다. 하루도 조용할 날이 없었다.

"난 지쳤으니까 네가 말려."

손태명이 툭 현우의 어깨를 쳤다.

"자자, 이쯤에서 그만하고 밥들 먹자."

현우가 쓴웃음을 머금으며 화제를 돌리려 했다.

"오빠는 조용히 좀 해봐요! 여자끼리의 문제니까!"

"회장님은 끼어들지 마세요!"

"지유 선배님 편드는 건 아니죠!"

"삼촌은 나가 있어!"

동시에 여기저기서 항의가 빗발쳤다.

"하아."

결국 현우가 이마를 짚었다. 그동안 어울림을 별 탈 없이 이끌어온 손태명이 더 대단하게만 느껴졌다.

* * *

즉석 악수회가 30분이나 걸려서 끝이 났다. 구내식당 구석 테이블에서는 송지유의 새 앨범 발매를 앞두고 회의가 벌어지고 있었다.

"다연이랑 멤버들 앨범 준비는 어떻게 되고 있어, 승석아?"

현우가 오승석에게 물었다. 오승석이 수저를 내려놓으며 엘시와 멤버들 쪽으로 눈길을 돌렸다.

"거의 다 끝났어. 마무리 작업 하고 뮤직비디오만 찍으면 될 것 같은데?"

"그래? 생각보다 빨리 끝났네?"

"청산이가 있잖아."

"하긴."

현우가 블루마운틴을 보며 씩 웃었다.

오승석과 블루마운틴은 근래 '드림걸즈'의 새 정규 앨범에 수록될 곡들을 작업하느라 정신이 없었다.

"그런데 말이야. 드림걸즈 앨범 활동 끝나고 바로 지유 앨범 내는 건 좀 너무하지 않아? 지금도 소녀혁명 때문에 다들 기도 못 펴고 있잖아."

블루마운틴이 어깨를 으쓱하며 현우에게 물었다.

요 근래 소녀혁명의 전방위 활동 때문에 '프아돌 시즌2'는 쓰디쓴 고배를 마시며 시청률 참패를 기록하고 있었다. 최종 멤버들이 뽑힌다고 할지라도 과연 데뷔나 제대로 할 수 있을지도 미지수였다.

거기다 드림걸즈 또한 정규 앨범으로 컴백을 예고를 한 상황이었다. 이런 마당에 송지유의 새 앨범까지 나온다면 반어울림 연합도 붕괴된 상황에서 다른 거대 기획사들에겐 사형

선고나 마찬가지인 셈이었다.

"현우, 너 그러다 밤길에 테러당하는 거 아니야?"

"청산 오빠?"

송지유가 블루마운틴을 슥 쳐다보았다. 블루마운틴이 하하
웃으며 손사래를 쳤다.

"농담이지, 농담."

"뭐 상관없어. 우리가 언제 다른 사람들 눈치 본 적 있었어?
안 그래, 태명아?"

"현우 말이 맞다. 그동안 내가 참아온 이유는 공생을 위해
서였어. 하지만 이렇게까지 나온다면 공생이고 뭐고 더 이상
참을 이유는 없다고 생각한다."

손태명의 말에 현우를 비롯해 어울림 임원들이 모두 수긍
했다.

"밟아줘야 할 때는 다시는 기어오르지 못하게 확실하게 밟
아줘야 하는 게, 세상 이치야."

"우리 오빠 최고! 진짜 멋있어! 어쩜 좋아?"

김은정이 손태명을 보며 뿌듯해했다. 손태명이 사랑스럽다
는 눈빛으로 김은정을 쳐다보다 다시 입을 열었다.

"그것보다 더 중요한 건, 대중들의 기대를 충족시켜야 한다
는 거지."

"……"

"……."

순간 분위기가 무거워졌다.

이번 송지유의 새 앨범은 반어울림 연합을 주도했던 거대 기획사들에게 어울림의 위용을 보여준다는 목적보다는, 대중들에게 결혼 승낙을 받아내기 위한 목적이 더 컸다.

"그런 의미에서 현우, 네 생각은?"

어울림 식구들의 시선이 손태명에게서 현우에게로 모아졌다. 현우가 팔짱을 끼며 입을 열었다.

"그때 녹음했던 리메이크 앨범을 다시 내자."

"리메이크 앨범요? 좋네요. 사실 정말 아까웠잖아요. 녹음도 다 끝난 상황이었는데."

최영진이 말을 보탰다. 현우가 고개를 끄덕거렸다.

"그러면 앨범… 바로 내실 겁니까?"

김철용이 물었다. 이번에는 현우가 고개를 저었다. 그리고 송지유가 현우 대신 말을 꺼냈다.

"리메이크 앨범, 다시 녹음하고 싶어요."

"당연히 그래야 할 거야."

현우가 송지유의 말에 수긍했다. 미국으로 떠나기 전의 송지유와 지금까지의 송지유를 쭉 옆에서 지켜봐 온 사람이 바로 현우였다.

짧지 않았던 그 기간 동안 송지유는 배우로서 큰 성장을 이루었지만 가수로서도 큰 성장을 이루었다고 현우는 굳게 믿고 있었다.

"그리고 내가 생각해 봤는데, 리메이크 앨범의 범위를 더 늘리면 어떨까 싶다."

"범위를 늘린다?"

손태명이 되물었다.

"가요계에 종사하는 사람들이라면 누구나 알 거야. 우리나라 가요계의 역사는 절대 가볍지 않아. 다만 여러 시대적인 상황들 때문에 묻혀 있을 뿐이지. 지금도 사람들은 모르는 좋은 노래들이 너무 많아."

"그건 현우 말이 맞아."

"나도 동감."

작곡가인 오승석과 블루마운틴이 크게 공감을 했다.

90년대 후반이나 되어서야 가수들도, 그리고 그들이 불렀던 노래들도 제대로 된 대우를 받을 수 있었다. 그전에는 열악한 가요계 환경이나 시대적인 분위기 때문에 묻힌 가수와 노래들이 정말로 많았다.

"물론 그 시절의 노래들을 다 담을 수는 없을 거야. 그래도 최대한 많은 곡을 지유의 목소리로 담아보고 싶어."

"형님, 좋은데요? 어쩌면 가요계의 역사를 우리 어울림이 기록하는 셈이잖아요? 그것도 지유의 목소리로요."

최영진이 벌게진 얼굴로 흥분했다. 지금까지 그 어떠한 기획사에서도, 그 어떠한 가수도 시도하지 못했던 거대한 프로젝트였다.

"역시 김태식이네요. 인정."

엘시도 현우의 기획에 감탄했다. 현우가 씩 웃었다.

"어쩌면 다연이 네 도움도 필요할 거야."

"얼마든지요!"

"저도 도울게요."

이솔도 엘시처럼 도움을 약속했다. 현우가 엘시와 이솔을 보며 빙그레 웃었다.

하지만 손태명과 김정우는 마냥 웃지 못하고 있었다.

"현실적으로 어려움이 많을 겁니다."

김정우의 말은 틀린 말이 아니었다. 지금처럼 저작권이 명확하게 구분되어 있는 시대가 아니었다. 1970년대의 곡들은 저작권을 두고 수없이 많은 작곡가들이 기획사에 묶여 있는 경우가 다반사였다. 심지어 저작권의 소유주가 불확실하여 문제를 겪고 있는 명곡들도 많았다.

"이거 점점 판이 커지는데? 가요계의 역사를 정리하려면 앨범 한 장 정도로는 불가능할 거란 말이지."

손태명이 안경을 고쳐 썼다. 현우가 그런 손태명을 보며 씩 웃었다.

"앨범이 몇 장이 되든 상관없어. 담을 수 있는 곡이라면 장르에 상관없이 최대한 많이 넣자."

"그래서 앨범 제작비는? 현우, 네 생각대로 앨범을 만들려면 제작비만 해도 상상을 초월할걸?"

"태명아."

현우가 나지막하게 손태명을 불렀다. 손태명이 대답 없이 현우를 쳐다보았다.

"내가 미국에서 벌어놓은 돈이 얼만데? 그리고 내가 알기로 우리 회사 여유 자금만 해도 장난이 아니던데? 엄살 부릴 거냐?"

"수전노처럼 일해서 모은 돈이다. 근데 그걸 또 언제 확인해 봤어?"

"나 회장이다. 그리고 태진 형님과도 이야기는 다 끝냈어. 저작권 문제는 걱정할 거 없다."

현우가 대한민국 최고의 미디어 재벌 그룹 CV까지 거론을 했다. 심지어 그 총수가 중증 여동생바라기였다.

"하아… 그럼 이야기 끝이네. 김현우, 그냥 네가 하고 싶은 거 다 해라."

"하하."

김정우가 삭세 웃었다. 지금의 모든 상황은 어울림 엔터테인먼트이기에 가능한 일이라는 생각밖에 들지 않았다.

현우가 빙그레 웃었다.

"그럼 새 앨범은 리메이크 전집으로 가닥을 잡고, 오랜만에 앨범 내는데 오리지널 앨범도 내야 하지 않을까 싶은데."

"장르는?"

손태명이 즉각 현우에게 묻고는 송지유를 쳐다보았다. 트로트로 데뷔를 해서 포크송 풍의 발라드로 최정상에 섰던 송지유였다.

"R&B도 해보고 싶고, 팝도 해보고 싶어요."

"그래? 그냥 지유도 하고 싶은 거 다 해라."

"태명 형님? 혹시 포기하신 건 아니죠?"

최영진이 조심스레 물었다. 어울림 식구들이 웃음을 터뜨렸다. 손태명이 최영진을 쳐다보며 정색했다.

"미쳤냐? 지유는 우리 어울림 간판이야. 현우, 저 자식도 어쨌든 우리 어울림 수장이고. 영진아, 잘 생각해 봐. 리메이크 전집에 실을 곡들은 어차피 장르가 수도 없이 다양할 거야. 이런 상황에서 오리지널 앨범의 장르가 뭐가 중요하냐?"

"아, 그렇긴 하네요."

최영진이 수긍을 했다. 그러다 최영진이 송지유를 슬쩍 쳐다보았다.

"지유야, 다 소화할 수 있겠어? 다른 건 몰라도 댄스는 좀 그렇다. 나미 선생님의 춤을 추는 송지유라. 으~"

"왜요? 이상해요? 영진 오빠 결혼식에서 축가 부르려고 했는데."

송지유가 눈을 흘겼다. 최영진이 화들짝 놀랐다.

"아, 아니! 너 힘들까 봐 그러는 거지! 지유야, 화 풀고. 응?"

"농담이에요, 영진 오빠."

그렇게 말하곤 송지유가 엘시를 쳐다보았다.

"언니가 도와줄 거죠?"

"당연하지! 춤신 춤왕 엘시를 빼고 댄스를 논하면 어디 쓰나?"

엘시가 헤헤 웃었다.

"자, 그럼 간만에 다 같이 일해봅시다. 그동안 너무 편하게들 일했지, 우리?"

현우의 말에 손태명을 비롯해서 어울림 임원들이 일제히 야유를 보내기 시작했다.

*   *   *

[소녀혁명' 활동 끝나니 이번에는 'Dream girls' 전성시대!]

[돌아온 비글들, 두 번째 정규 앨범! 공중파 음악 방송 1위 싹쓸이!]

[비글들의 파워, '바나나 먹으면 바나나요?' 음원 차트 석권!]

[비글들의 여름을 겨냥한 sexy&cute 제대로 먹혔다!]

[비글들은 유쾌하다! 신곡 '바나나 먹으면 바나나요?' 대호평!]

—명불허전이라고 확실히 비글들도 무시 못 함; ㅋ

—이번 노래 진짜 신남 ㅋㅋㅋ 여름 휴가철 곡으로 딱!

—비글들도 은근히 섹시하던데? ㄷㄷ

—미국 진출 앞두고 좋은 노래 남기고 가는 거 같음 ㅎㅎ

—노래도 재밌고 신나! ㅋㅋ

돌아온 비글들의 신곡 '바나나 먹으면 바나나요?'의 인기는 뜨거웠다. 특히 미국 LA의 산타모니카 해변에서 촬영된 뮤직비디오가 큰 인기를 끌었다. 엘시와 멤버들이 노란색 래시가드를 입고 바닷가에서 서핑을 즐기는 모습이 큰 호평을 받았다.

[소녀혁명'에서 'Dream girls'까지. 어울림 엔터테인먼트 제2의 전성기 맞이해!]

—과연 어울림을 누가 막을까? ㅋㅋㅋㅋ

—한동안 소녀혁명 때문에 전국이 난리더니 이제는 비글들 때문에 난리 남 ㅋㅋ

—확실히 회장님이 한국으로 돌아오니까 다르긴 달라?

―회장님? 다음은 i2i인가요? 맞나요? ㅎㅠ

―ㅋㅋㅋㅋ i2i네.

―현우 회장님? 계속 소처럼 일하시죠?

―ㄱㄲㅋ 일해라! 김 회장!

―일만 해라, 김 회장아!

"하하."

현우가 핸드폰을 들여다보며 작게 웃었다. 핸드폰을 슈트 안주머니에 집어넣고 현우가 스포츠카에서 내렸다.

어울림 사옥을 올려다보니 한창 활동 중인 엘시와 비글들의 뮤직비디오가 전광판에서 흘러나오고 있었다.

"오늘부터 아니었나?"

현우가 머리를 긁적이다 사옥 안으로 걸음을 옮겼다.

현우가 가장 먼저 들른 곳은 엘시와 비글들의 전용 연습실이었다. 똑똑. 현우가 노크를 하자마자 벌컥 문이 열렸다.

"회장님!"

유나가 현우를 보며 헤헤 웃었다.

연습을 하고 있었는지 머리카락이 얼굴에 다닥다닥 붙어 있었다. 현우가 유나에게 새 수건을 건네주며 다른 멤버들을 살폈다. 하나같이 땀에 절어 있었다.

"……?"

현우의 시선이 연습실 바닥에 대자로 누워 있는 엘시에게 향했다. 현우가 걸음을 옮겨 엘시를 내려다보았다. 인기척에도 엘시가 눈을 감고 숨을 몰아쉬고 있었다.

"죽은 건 아니지?"

"아직요."

엘시가 스르르 눈을 뜨고 현우를 그대로 올려다보았다. 현우가 피식 웃었다.

"아침부터 무슨 연습을 이렇게 열심히 해?"

"이제 늙어서 그런지 몸 안 풀어주면 무대에서 힘들다니까요?"

"그, 그런가?"

현우가 쓰게 웃으며 엘시와 멤버들을 살폈다. 그러고 보니 엘시도 그랬고, 다른 멤버들도 20대 중후반에 들어서 있었다. 보통 수명이 짧은 걸 그룹으로 치자면 꽤나 장수를 한 셈이었다.

"음악 방송 나갔더니, 원로 가수 대우를 해주던데요? 신인 그룹인데, 세상에 다연 언니랑 수진 언니랑은 10살 차이래요."

"응. 우리 늙었어."

연희와 유나가 살짝 시무룩해했다. 엘시와 크리스틴도 느낀 바가 있는지 말없이 천장을 응시하고 있었다.

귀여운 투정에 현우가 빙그레 웃었다.

"늙긴 뭐가 늙어? 지금도 너희들 나이대 아가씨들은 청춘이야, 청춘. 한창이지."

"회장님은 몰라요. 그냥 우린 늙었어요."

유나의 자조 섞인 말에 현우가 피식 웃었다.

"나도 최 팀장님이나 우리 회장님 같은 남자 찾아서 결혼이나 할까?"

연희가 중얼거렸다.

"좋은 사람 있으면 언제든지 결혼해. 난 반대 안 하니까."

기획사 수장치곤 쿨한 현우였다.

"난 끝까지 결혼 안 하고 오빠랑 지유 옆집에 살면서 괴롭히려고요."

엘시가 바닥에 누운 채로 중얼거렸다.

"말이 씨가 된다."

현우가 눈썹을 구기며 엘시를 일으켜 세웠다.

"자, 다 모여봐."

현우의 한마디에 엘시와 비글들이 연습실 바닥으로 동그랗게 모여 앉았다. 현우가 연습실 구석에 놓여 있던 의자를 가지고 와 그리로 앉았다.

"오랜만에 정규 앨범 활동 해보니까 다들 어때? 소감 좀 들어보자."

"우리가 가수긴 가수였구나 싶어요."

"한동안 예능인인 줄."

유나와 연희의 2연타에 현우가 하하 웃었다.

"이제 살아서 숨 쉬는 느낌적인 느낌?"

랩 가사 같은 제시의 말에 현우가 고개를 끄덕거렸다. 현우가 엘시를 쳐다보았다.

"바지 리더 생각은?"

현우의 작은 농담에 비글들이 큭 웃었다. 엘시가 어이가 없어 혀를 차더니 조용히 생각에 잠겼다. 가끔 보는 진지한 모습에 비글들도 조용해졌다.

"아직 우리 죽지 않았다! 이런 생각? 뭐든 할 수 있단 마인드?"

엘시가 한쪽 눈을 찡긋하며 대답했다.

"내가 이 사고뭉치들이랑 여기까지 온 보람이 있다? 저는 이 정도예요."

"저도요, 휴우."

"우우~"

크리스틴, 나나가 연이어 소감을 말했고 엘시와 다른 비글들이 야유를 보냈다. 원하던 대답을 들은 현우가 만족스러운 미소를 머금었다.

그러다 현우가 진지한 표정으로 입을 열기 시작했다.

"좋아. 내가 너희들에게 이번 앨범 활동에 대한 소감을 물어본 이유는 아직도 미국 진출에 확신이 있냐고 묻고 싶어서야. 나도 겪어봤고, 지유도 겪어봤지만 미국이라는 곳은 기회의 땅인 동시에 경쟁이 정말로 치열한 곳이야. 지금도 LA에는 전 세계에서 모여든 배우 지망생과 가수 지망생들이 정말로 많아. 다들 간절하고, 또 간절하지. 한국에서의 활동처럼 마냥 일이 쉽게 뜻대로 풀리지는 않을 거야. 그러니 지금이라도 생각이 달라졌다면 말을 해도 좋아."

"……."

"……."

현우의 엄포에 연습실이 침묵으로 물들었다.

'너, 너무 심했나?'

아차 싶었다. 미국 진출 계획을 앞두고 너무 겁을 주었나 싶었다. 하지만 이내 현우는 그런 생각을 지워 버렸다. 어쩌면 할리우드보다 동양인이 더 자리 잡기 힘든 곳이 빌보드였기 때문이다.

물론 현우가 할리우드에서 쌓아놓은 입지가 있었기 때문에 '맨땅에 헤딩'을 하는 수준까지는 아니었다. 그래도 빌보드 진출이 순탄하지 않을 것이라는 사실 하나만큼은 확실했다.

"정규 앨범 활동도 좀 남아 있고 하니까 천천히 생각들 해 봐."

현우가 의자에서 몸을 일으켰다.

"어딜 가요? 대답도 안 듣고?"

연습실 문을 향해 걸음을 옮기려는 순간, 엘시의 목소리가 현우를 잡았다. 현우가 슥 고개를 돌렸다.

"비글들 특징. 일단 아무거나 다 먹어봄."

엘시의 비유에 현우가 피식 웃었다.

"비글들 특징 둘. 절대 기죽지 않음."

"우리가 진짜 비글이었어?"

"조용히 해봐, 제시."

엘시가 제시에게 엄한 표정을 지어 보였다. 그러고는 손가락 세 개를 척 들었다.

"비글들 특징 셋. 절대 지치지 않음."

"그리고 그 비글들은 지옥에서 왔지."

엘시에 이어 잠자코 있던 크리스틴도 말을 보탰다. 현우가 고개를 숙인 채로 끅끅 웃다가 다시 고개를 들었다.

"오케이. 비글들의 출사표는 확인을 했으니 바로 계약 진행을 하도록 하지. 캔디들이 미국으로 온다고 제이나도 좋아하겠네."

현우가 미스 J를 거론했다. 그리고 이미 저번 파티 때 미국 쪽 에이전시가 가닥이 잡힌 상황이었다.

"만세!"

엘시가 갑자기 만세를 외쳤다.

"비글들 만세!"

여기저기서 만세 삼창이 들려왔다.

"그럼 연습들 쉬어가면서 하고, 난 간다."

현우가 쓴웃음을 머금으며 연습실을 나왔다.

            *   *   *

똑똑. 노크 소리가 들려왔다. 회장실로 돌아와 업무를 보고 있던 현우가 고개를 들었다.

"들어오세요."

"형님! 저 왔습니다!"

최영진이었다. 최영진이 싱글벙글한 얼굴로 현우를 쳐다보고 있었다.

"요즘 하루하루가 아주 해피하지, 영진아?"

"네, 아주 해피하죠."

최영진이 또 싱글벙글 얼굴 가득 미소를 머금었다. 현우가 만년필을 내려놓으며 숨을 골랐다.

"도착했나?"

"예. 아마 지금쯤 거의 다 왔을 겁니다."

"그렇게 좋냐?"

"그럼요! 우리 어울림의 오랜 숙원이었잖아요, 형님."

"그렇긴 했지. 그럼 가자."

"형님도 가시게요?"

"당연하지. 너만 그렇게 좋은 줄 아냐? 나도 태명이도 그리고 우리 어울림 식구들도 너처럼 기쁘기는 매한가지야."

"……."

최영진의 눈동자가 붉어졌다. 현우가 자리에서 일어나 최영진의 어깨를 두들겼다.

"너 눈물 많은 건 아는데, 지금은 아니다?"

"예. 알겠습니다, 형님."

"그래. 그럼 늦기 전에 가자."

현우가 먼저 앞장을 섰다. 회장실을 나가자 사장실에서도 손태명이 김은정의 배웅을 받으며 걸어 나왔다.

"비타민은 먹고 나왔냐?"

"어."

무안함에 손태명이 시크하게 대답을 했다. 현우와 최영진이 서로 짧게 웃고 말았다.

세 남자가 걸음을 옮겼다. 이번에는 이사실에서 김정우가 합류를 했다. 뒤이어 고석훈과 김철용도 현우 무리에 합류했다.

현우 일행이 승강기에 탔다.

"축하한다, 영진아."

"감사합니다, 정우 형님."

"축하드립니다, 형님! 소원 풀이 하셨네요?"

"고맙다, 철용아. 근데 고 실장은 왜 말이 없어?"

최영진이 영원의 라이벌 고석훈을 쳐다보며 의기양양해했다. 고석훈이 별다른 표정 없이 슥 최영진을 쳐다보았다.

"…우리 드림걸즈, 미국 진출 계획 때문에 생각이 많습니다. 아무튼 축하합니다."

"……."

미국 진출이라는 말에 최영진도 더 이상 말을 꺼내지 않았다. 그사이 승강기가 1층으로 도착을 했다.

쏟아지는 직원들의 인사를 뒤로하고 현우 일행이 사옥 정문으로 나갔다.

"와아아!"

커다란 함성과 함께 기자들의 플래시 세례가 동시에 쏟아졌다. 어울림 사옥 앞으로 'i2i'의 재결합을 염원해 오던 수많은 울림이들이 몰려와 있었다.

기자들도 i2i 재결합의 순간을 담기 위해 잔뜩 몰려온 상황이었다. 현우가 씩 웃었다.

"영진이가 준비 많이 했는데?"

"제가 형님들 밑에서 눈으로 보고 귀로 들으면서 배운 게 몇 년인데요?"

최영진이 뿌듯한 표정을 했다.

"잘했다, 최영진. 이번 i2i 새 앨범도 네가 맡아."

"혀, 형님! 정, 정말로요?!"

최영진이 크게 놀라며 어버버거렸다. 현우가 고개를 끄덕였다.

"태명이랑 정우 형님과도 이미 이야기 다 끝냈다. 그리고 어떻게 보면 전국소녀도 네 작품이잖아. 잊었냐?"

어울림이 풍전등화의 위기에 몰려 있었을 때, 어울림을 구한 건 '전국소녀'였다. 그리고 그 뒤에는 최영진이 존재했다.

"…감사합니다! 형님! 최선을 다하겠습니다!"

"오케이. i2i 앨범 대박 터뜨리고 가을에 선영 씨랑 결혼하면 되겠네."

"그러네요?"

최영진이 또 싱글벙글해했다.

그런 최영진을 뒤로하고 현우의 시선이 멤버들을 기다리고 있는 전국소녀 멤버들에게로 향했다.

쏟아지는 플래시 세례 속에서 이솔과 멤버들이 다른 멤버들을 기다리고 있었다. 다들 하나같이 간절하고, 긴장한 표정들이었다.

현우가 먼저 걸음을 옮겨 이솔의 옆으로 다가갔다.

"회장님?"

이솔이 고개를 돌려 현우를 올려다보았다.

"어제 잠은 잘 잤어?"

"아뇨. 떨려서 한숨도 못 잤어요."

이솔이 현우를 올려다보며 배시시 웃었다. 김수정도 유지연도 눈가 밑이 퀭했다. 배하나와 이지수, 그리고 다른 멤버들도 마찬가지였다.

현우와 이지수의 눈동자가 마주쳤다. 이지수가 현우의 옆으로 다가와 속삭였다.

"어제 숙소에서 새벽 4시까지 노래 부르다 잤다니까요?"

"노래?"

현우가 다시 되물었다.

"네! i2i 때 불렀던 노래들을 메들리로다가. 수정이 성대결절 오는 줄 알았어요."

"하하."

현우가 이지수를 보며 웃었다. i2i 시절의 추억들을 되돌아보며 멤버들이 긴 밤을 보낸 것 같았다.

"그리고 오늘 그 추억들이 다시 현실로 이루어졌고 말이지."

"맞아요. 항상 감사하고 또 감사합니다, 회장님."

김수정이 현우를 향해 꾸벅 고개를 숙여 보였다.

"감사합니다! 회장님!"

김수정처럼 다른 멤버들도 일제히 꾸벅 고개를 숙였다.

"내가 뭐 한 게 있나? 영진이랑 너희들이 고생이 많았지."

"그래도 형님이 전폭적으로 지원을 해주시지 않았으면 오늘 같은 날도 없었을 겁니다. 그렇지, 얘들아?"

"영진 오빠 말이 맞아요! 우리 회장님 짱짱맨!"

"짱짱맨!"

배하나와 하잉이 크게 소리쳤다. 울림이들과 기자들이 동시에 웃음을 터뜨렸다. 그리고 그 순간, 어울림 사옥으로 엄청난 함성이 울려 퍼지기 시작했다.

플래시즈 엔터테인먼트와 코인 엔터테인먼트, 그리고 파인애플 뮤직의 로고를 달고 있는 밴이 연이어 들어섰기 때문이었다.

최영진이 어울림에 남아 있었던 전국소녀 멤버들을 이끌고 밴 앞으로 걸어갔다. 손태명이 현우의 팔을 툭 쳤다.

"현우, 너도 같이 가."

"나도?"

"우리 회사 수장은 너야. 자칭 프로파간다의 귀재라며? 그런데 빠질 생각이냐?"

"가시는 게 그림도 좋을 겁니다."

김정우도 손태명을 거들었다. 현우가 씩 웃으며 고개를 끄덕였다. 그리고 성큼성큼 걸음을 옮겼다.

"와아아!"

현우가 다가오자 팬들의 함성은 더욱 커졌다.

"i2i! i2i!"

울림이들이 한목소리로 i2i를 연호했다. 정말로 오랜만에 듣는 그 구호에 현우도 마음 한구석이 짠했다.

그리고 마침내 밴의 문이 활짝 열렸다. 그리고 서아라와 전유지, 양시시, 차보미와 권예슬이 모습을 드러내었다.

밴에서 내린 멤버들은 이미 눈물범벅이었다. 그리고 다들 하나같이 감회에 젖어 어울림 신사옥을 올려다보았다.

어울림 신사옥 완공 즈음에 해체가 되었던 i2i였다. 서아라도 그랬고 다들 신사옥 근처에 와볼 수도 없었다. 혹여나 신사옥 근처에서 사진이라도 찍힌다면 재결성을 두고 말들이 많아질 것이라는 것을 알고 있었기 때문이다.

"……."

이 점을 잘 알고 있었기에 현우도, 그리고 어울림 식구들도 마음 한편이 늘 불편했다. 신사옥이 지어질 수 있었던 까닭엔 i2i의 성공이 존재했다.

어울림 신사옥을 올려다보던 멤버들이 천천히 걸음을 옮겨 어울림에 남아 있던 멤버들과 꼭 부둥켜안았다.

"잘 지냈지, 솔아?"

"응. 보고 싶었이, 아라야."

다시 만나게 된 솔아라 조합에 팬들의 환호성이 터졌다. 그리고 이내 멤버들이 서로를 껴안고 눈물을 터뜨렸다.

일부 팬들도 눈물을 흘렸다. 다시 뭉친 i2i 멤버들과 팬들이 다 함께 울고 있었다. 그 광경을 눈으로 담으며 현우가 조용히 입을 열었다.

"사람들은 우리를 보고 말하잖아."

손태명과 최영진, 그리고 어울림 식구들이 현우의 목소리에 귀를 기울였다.

"젊은 나이에 부와 명예, 인기를 다 거머쥐었다고. 부러울 게 없을 거라고 말이야. 사실 난 좋은 차, 돈, 인기는 언제든 없어질 수 있는 거라고 생각해."

"그래. 삶의 무게는 누구에게나 공평하지."

손태명의 현우의 말에 고개를 끄덕였다. 현우가 함께 기뻐 해 주며 눈물을 흘리고 있는 울림이들을 보며 입을 열었다.

"그런데 지금 이런 순간만큼은 매니지먼트하기를 참 잘했다는 생각이 들어. 누군가를 위해 울어줄 수 있다는 거, 쉬운 거 아니니까."

"이 맛에 매니지먼트하는 거죠, 형님."

최영진의 말에 현우가 고개를 끄덕였다.

그리고 그 순간, 울림이들의 함성이 어울림 사옥을 뒤흔들었다. 현우가 슥 고개를 돌렸다. 어울림이 자랑하는 전광판으로 다시 뭉친 i2i 멤버들의 사진이 당당하게 걸려 있었다.

[소녀들의 꿈은 '다시' 무대 위에!]

"와아아!"

새로운 시그니처 문구에 울림이들의 함성은 더욱 커져만 갔다.

＊　　　　＊　　　　＊

[어울림 엔터테인먼트 또 일냈다! 국민 걸 그룹 'i2i' 재결합 성사!]

['전국소녀' 드디어 완전체 'i2i'로 돌아온다!]

[소녀혁명에서 'Dream girls', 그리고 'i2i'까지! 어울림의 광폭 행보 어디까지 이어지나?]

국내 굴지의 연예 기획사 어울림 엔터테인먼트의 최근 행보가 심상치 않다. 그동안 미국과 일본을 중심으로 해외 시장 개척과 활동에 주력하고 있던 어울림 엔터테인먼트가 잇달아 국내 연예 시장에 충격을 주고 있다. 소녀혁명에 이어 'Dream girls', 그리고 '전국소녀'의 전신인 'i2i'까지 재결합을 선언했다. 연예계 기획사 관계자들의 분석에 의하면 한동안 어울림 엔터테인먼트 천하는 계속될 것으로 보인다. (중략)

─제발 쭉 이렇게 광폭 행보 해주세요! ㅠㅠ

─ㅇㅈ 이렇게만 계속 가자!

─i2i다! i2i다! 만세! 만세!

─i2i까지 컴백을 하다니! 세상에! ㅋㅋㅋ

─우리 회장님 미국에서 돌아온 후부터 하루하루가 행복함 ㅋ
ㅋㅋ 미국 가기만 해봐라 ㅋㅋ

─태식이가 돌아왔구나?

─다들 벌받는 중 ㅋㅋㅋ

─그 벌 계속 주자!

─광폭 행보 계속 고고!

"광폭 행보라. 뭐 아주 틀린 말은 아니지만."

핸드폰을 들여다보던 현우가 쓴웃음을 머금었다.

소녀혁명의 데뷔와 Dream girls의 새 앨범 발매에 이어 i2i
의 재결합은 큰 이슈를 몰고 왔다. 요 근래 대한민국 연예계
판은 어울림 천하라고 불리고 있었다.

포털 사이트 메인 기사에도 어울림 신사옥의 전광판이 대
문짝만 하게 걸려 있었다. 그리고 그 전광판에는 다시 뭉친
i2i 멤버들의 사진이 당당히 떠올라 있었다.

똑똑. 누군가 운전석 창문을 두드렸다. 현우가 반사적으로
고개를 돌렸다. 고개를 돌리자마자 현우는 웃음이 나왔다.

서아라와 전유지, 양시시, 차보미와 권예슬이 창문에 다닥다닥 붙어 현우를 빤히 들여다보고 있었다. 거기다 괴상한 표정들까지.

현우가 손으로 오케이 사인을 보낸 다음 스프린터 운전석에서 내렸다.

"벌써 다 끝난 건가?"

"아뇨? 팀장님은, 아, 실장님이지. 실장님은 아직 인수인계받고 있을걸요? 빨리 가고 싶어서 저희들 먼저 내려왔어요."

막내에서 이제는 어엿한 성인이 된 전유지가 현우를 쳐다보며 말했다.

"그래도 작별 인사는 충분히 하고 와야지? 백 팀장님이랑 이 실장님이 서운해하셨을 거 같은데?"

"우리 실장님은 홀가분해하시던데."

서아라가 고개를 저으며 말했다. 은근히 트러블 메이커인 서아라인지라 플래시즈 엔터에서도 그동안 골치를 썩고 있었다.

"하하, 그랬어?"

현우가 웃으며 전유지와 다른 멤버들도 살펴보았다.

다들 볼이 발갛게 상기되어 있었다. 당연했다. 오늘부로 플래시즈 엔터의 서아라와 코인 엔터의 전유지와 양시시, 그리고 파인애플 뮤지 소속의 차보미와 권예슬도 어울림에서 활동을 하게 된다.

위탁 활동 개념이긴 했지만 그래도 어울림에 복귀를 한다는 생각에 다들 설레고 있었다.

"그렇게들 좋아?"

"네!"

서아라와 멤버들이 한목소리로 대답을 했다.

"회사로 돌아가면 하고 싶은 것들은 생각 좀 해봤어?"

문득 떠오르는 궁금함에 현우가 물어보았다.

사실 i2i가 해체한 이후에도 8명의 전국소녀들은 탑 걸 그룹의 자리를 지켜왔지만, 각자의 회사로 돌아간 멤버들은 그렇지 못했다. 그나마 서아라가 배우 활동을 하면서 인지도를 유지했을 뿐이었다.

그랬기에 현우는 이 다섯 명의 아이들에게 해주고 싶은 것들이 정말 많았다. 지나간 시간을 모두 보상해 주고 싶은 심정이었다.

"해보고 싶었던 것들이 있으면 고민하지 말고 말해줘. 우리 어울림에서 책임지고 다 해줄 거니까."

"……."

"……."

갑자기 서아라와 멤버들이 눈시울을 붉혔다.

"죄송해요. 그동안 연락 한 번 못 드려서. 용기를 내고 싶었는데, 그게 잘 안 됐어요."

현우와 각별한 인연이 있었던 서아라가 그렇게 말했다. 현우가 희미한 미소를 머금었다.

"아니야. 너희들도 그동안 각자의 자리에서 고생 많았다. 사실 아라, 너는 나랑 지유가 걱정 많이 했거든."

"저도요. 아라 언니가 사고 한 번 안 치고 멀쩡하다니! 하늘이 도운 거 아닐까요?"

"전유지, 그만해."

서아라가 막내 전유지를 노려보았다. 전유지가 머쓱해하다가 황급히 입을 열었다.

"저 하고 싶은 거 있어요! 일단 정식 메뉴부터 등록시키려고요! 전유지 정식!"

"나도 양시시 정식! 중식으로!"

"새 앨범부터 생각을 해야지? 진짜."

서아라가 전유지와 양시시를 보며 혀를 찼다.

정식 메뉴부터 등록하겠다는 멤버들의 말에 현우도 조용히 웃었다. 순수했던 예전 모습 그대로를 보는 것 같았다.

"형님! 애들아!"

그때, 파인애플 뮤직 본사 입구에서 최영진이 모습을 드러냈다. 인수인계를 끝마치고 나온 최영진의 표정이 그 어느 때보다도 밝았다.

최영진이 성큼성큼 다가와 멤버들 앞에 우뚝 섰다. 그리고 당당하게 입을 열었다.

"자아! 이제 우리 집으로 가자!"

최영진이 어울림 본사를 집이라고 표현했다. 그러고는 환하게 미소를 지으며 멤버들에게 두 팔을 벌렸다. i2i의 공식적인 재결합이 이루어지는 역사적인 순간이었다.

서아라와 멤버들이 우르르 최영진에게로 달려들었다. 여기저기서 꺅꺅, 기쁨의 비명이 터져 나왔다.

그 모습을 가만히 지켜보며 현우가 흐뭇한 얼굴을 했다.

*　　　*　　　*

"인터넷에서 사진으로 보긴 했는데, 이 정도일 줄은 몰랐어요."

"우리 회사가 이렇게 커졌다니? 휴~"

서아라와 전유지가 어울림 신사옥에 들어서자마자 연신 감탄을 터뜨렸다.

"예전에는 중국에 있는 우리 집보다 작았었는데."

"그랬었지."

중국 출신인 양시시의 말에 현우도 옛 기억을 떠올렸다.

3층짜리 작은 건물을 임대해서 사용하던 어울림이었다. 심지어 연습실도 지하에 한 곳뿐이라 당시 i2i와 Dream girls

멤버들끼리 오전, 오후로 시간을 구분해 놓고 연습실 사용을 해야 했다.

하지만 이제는 아시아에서 최대 규모의 사옥을 소유한 유일한 엔터테인먼트 회사가 되었다. 놀라워하는 멤버들을 보며 현우도 새삼 감회에 젖었다.

"아!"

승강기 앞에서 서아라가 작은 탄성을 질렀다. 승강기 근처에 오래전 i2i의 앨범 포스터가 걸려 있었다. 그뿐만이 아니었다. 복도에 서아라를 비롯해 다른 멤버들의 개인 포스터도 걸려 있었다.

"……."

"……."

뒤늦게 앨범 포스터를 발견한 전유지나 다른 멤버들도 감동을 받은 눈치였다. 모든 것들이 새롭게 변해 있었지만, 어울림은 아직도 자신들을 기억해 주고 있었다.

"이 포스터 언제부터 걸려 있었어요?"

"꽤 오래전이지, 영진아?"

"그렇죠. 신사옥 입주 첫날에 붙인 거니 뭐."

서아라와 멤버들이 또 울먹거리기 시작했다. 아이들의 눈물에 당황한 현우가 머리를 긁적였다.

"와, 왔네요!"

마침 승강기 문이 열렸다. 현우와 최영진이 급히 서아라와 멤버들을 승강기로 이끌었다.

띵! 승강기가 전국소녀, 아니, 이제는 i2i의 전용 연습실이 위치한 9층에 도착했다.

"와아?"

"뭐가 이렇게 좋아요?"

전유지와 양시시가 눈을 크게 뜨며 놀라했다. 한 층 전체가 오직 i2i를 위한 시설로 도배가 되어 있었다.

매니지먼트 1팀의 직원들이 업무를 보는 사무실과 휴게실, 그리고 i2i 팀이 이용할 수 있는 라운지와 헬스클럽도 보였다.

"자, 여기가 연습실이다."

현우가 마지막으로 연습실을 소개했다. 서아라와 멤버들이 긴장한 표정을 했다. 연습실 문에 지문 인식기가 달려 있었기 때문이다.

"아무나 한번 해볼래?"

"제가 해볼게요!"

전유지가 용기를 내서 지문 인식기에 손을 가져다 대었다. 전자음과 함께 스르르 연습실 문이 열렸다.

"와! 우리 회사가 지문 인식이라니!"

전유지도 그랬고, 다른 멤버들도 정말로 신기해했다.

"연습실 짱 좋아요!"

"진짜 좋다!"

전유지와 양시시가 감탄을 했다. 최신 시설들로 가득 찬 넓은 연습실이 훤히 보였다.

"와!"

그리고 숨어 있던 멤버들이 갑자기 튀어나왔다. 몰래 숨어서 다들 멤버들을 기다리고 있었던 것이다.

"왔어?"

리더 김수정이 가장 먼저 서아라와 멤버들을 반겼다.

"안녕?"

이슬도 서아라를 반겼다. 또 비명과 함께 기쁨의 상봉이 펼쳐졌다.

"어제 울고불고 다 하지 않았냐, 영진아?"

"그, 그러게요."

"하긴 한참 웃음도 많고 눈물도 많을 나이지."

"그렇겠죠, 형님?"

현우와 최영진이 포옹과 함께 감격의 눈물을 흘리고 있는 i2i 멤버들을 보며 쓴웃음을 삼켰다.

*　　　　*　　　　*

띵! 승강기가 11층에서 멈추어 섰다. 승강기에서 내린 현우가 걸음을 옮겨 도착한 곳은 녹음실이었다. 조심스레 녹음실 문을 열고 들어가니 부스 안에서 졸고 있는 송지유의 모습이 보였다.

"왔어, 현우야?"

블루마운틴이 조용히 현우를 불렀다. 현우가 고개를 끄덕이며 블루마운틴의 옆자리로 앉았다.

"언제부터 자는 거야?"

"삼십 분 정도 된 거 같아. 많이 피곤했을 거야. 녹음만 벌써 한 달 넘게 하고 있는 거니까."

"승석이는?"

"저기."

현우가 고개를 돌렸다. 소파에서 오승석이 모자로 얼굴을 가린 채 잠들어 있었다. 현우가 미안한 마음에 머리를 긁적였다.

"이거 왠지 나만 팔자 편한 거 같은데?"

"괜찮아. 승석이도 그렇고 지유랑 나도 고생이란 생각은 안 하니까. 우리 어울림 아니면 언제 이런 의미 있는 앨범을 내보겠어?"

"그렇게 말해주니 고맙다, 청산아."

현우가 블루마운틴의 어깨를 두들겼다. 그때 부스 문이 열리고 부스스한 얼굴로 송지유가 걸어 나왔다. 현우가 벌떡 일어나 미소로 송지유를 반겼다.

"잘 잤어?"

"네에. 언제 왔어요? 깨우지."

"피곤할 텐데 뭘 깨워? 그리고 방금 막 왔어."

"졸려."

송지유가 현우의 어깨에 고개를 기대었다. 아무래도 연이은 녹음 작업에 잠이 부족한 것 같았다.

"얼마나 더 작업을 해야 하는 거야?"

현우가 어느새 꾸벅, 꾸벅 졸고 있는 송지유를 내려다보며 블루마운틴에게 물었다.

"짧으면 한 달. 길면 두 달. 대체 미국에서 무슨 일이 있었던 거야?"

블루마운틴이 현우와 송지유를 번갈아 쳐다보았다.

"왜? 뭐 잘못된 거라도 있어?"

현우가 살짝 걱정을 했다. 한때는 대한민국 부동의 원 톱 가수이긴 했지만 할리우드에서 배우로 활동을 하며 꽤 오랜 시간 동안 마이크를 내려놓았던 송지유였다. 혹시 무슨 문제가 있나 싶었다.

"…청산아?"

"녹음을 하면 할수록 놀라고 있어. 어떻게 매번 녹음을 할 때마다 곡이 좋아지는 건데?"

"…난 또 뭐라고."

현우가 안심을 했다. 하지만 한편으론 송지유가 자랑스러웠고 대견했다. 블루마운틴이 다시 입을 열었다.

"타이틀곡 포함해서 16곡은 부족해. 현우야. 5곡만 더 녹음하자. 응?"

프로듀서로서 블루마운틴은 욕심이 났다.

리메이크 앨범을 넘어 한국 가요계의 역사를 돌아보자는 의미에서 만들어지고 있는 새 앨범이었다. 마음 같아선, 20곡 아니라 30곡, 40곡도 넣고 싶었다. 그만큼 송지유가 가지고 있는 목소리의 가치는 컸다.

"좋아. 그렇게 하자."

"저, 정말?"

블루마운틴의 표정이 밝아졌다. 현우가 재차 고개를 끄덕거렸다. 그러다 현우가 다시 입을 열었다.

"오리지널 곡은? 완성이 된 거야?"

"어, 어?"

블루마운틴이 살짝 당황해하며 송지유를 쳐다보았다. 졸고 있던 송지유가 살짝 눈을 뜨고는 블루마운틴을 향해 고개를 저어 보였다.

"아, 아직 작업이 덜 끝났어. 아무래도 지유가 만든 곡이라서 편곡도 함부로 하기가 그렇고 마, 말이지."

블루마운틴이 횡설수설했다. 현우는 그냥 피식 웃었다. 이번 앨범의 타이틀 곡이자 오리지널 곡은 송지유가 작사, 작곡한 곡을 싣기로 결정이 난 상황이었다.

"지유가 만든 곡이라니까 한번 들어보고 싶어서 그러지. 맛보기도 안 되는 건가?"

"안 돼요."

송지유가 손가락을 들어 현우의 입술에 가져다 대었다. 그러고는 단호한 표정을 했다.

"뭐, 그럼 기다려야지."

어딘지 모르게 좀 이상했지만 현우는 그저 빙그레 웃기만했다.

*   *   *

[Dream girls' 정규 앨범 '바나나 먹으면 바나나요?' 활동 종료! 이제 미국으로 간다!]

[Dream girls' 음악 방송 8주 연속 1위 대기록과 함께 공식 활동 끝!]

Dream girls의 정규 앨범 활동이 성황리에 끝이 났다. 엘시와 멤버들은 공식 인터뷰를 통해 미국 빌보드 진출 계획을 대한민국 국민들에게 당당히 알렸다.

그리고 그렇게 또 한 달이라는 시간이 흘렀다.

[어울림 엔터테인먼트 세 번째 타자는 과연 누구인가? 관심 집중!]

[어울림 엔터, 특유의 신비주의 전략 또 가동하나? 대중들은 궁금하다!]

─i2i임?

─i2i는 재결합한 지 겨우 한 달인데 앨범 나오긴 너무 빠른 거 아님? ㄷㄷ

─누구지? 어울림이 잠잠하니까 궁금해 미치겠음 ㅋㅋㅋ

─누구야? 대체? ㅇㅇ?

─ㅠㅠ 신비주의 또 나옴.

대중들의 모든 관심이 어울림 엔터테인먼트의 다음 행보에 쏠려 있었다. 하지만 어울림에서는 그 어떠한 일말의 정보도 언론에 공개하지 않고 있었다. 덕분에 송지유의 새 앨범 작업 은 극비리에 진행이 될 수 있었다.

반면 어울림 엔터테인먼트의 공식 활동이 잦아들자, 그동안 숨을 죽이고 있던 거대 기획사들이 잇달아 앨범을 발매하기 시작했다.

그리고 한 주가 시작되는 어느 월요일 오전 10시. 어울림 신사옥 전광판 위에 느닷없이 송지유의 대형 사진이 떠올랐다. 그 어떠한 카피 문구도, 설명도 없이 덩그러니 떠오른 송지유의 사진은 곧바로 큰 파장을 일으켰다.

[어울림 엔터테인먼트 신사옥에 송지유가 나타났다?!]
[어울림 엔터테인먼트 신사옥 전광판에 송지유가 떴다!]
[새 영화 출연 소식? 아니면 새 앨범 소식? 국민 소녀 송지유의 등장에 대한민국이 들썩!]

―송지유네 ㅋㅋㅋㅋㅋ

―ㅋㅋㅋㅋㅋㅋㅋㅋ송지유였어? ㅋㅋㅋ

―여왕님이 돌아오신다!

―길 터라! 여왕님 오신다!

―여왕의 귀환! ㅋㅋㅋㅋㅋ

―ㅋㅋㅋ 끝판 보스다! ㅋㅋ

―근데 뭐임? 영화? 앨범?

―난 영화에 한 표!

―나도 영화!

―ㄴㄴ 개인적인 소원이지만 앨범이었으면! ㅠ

―새 노래 가사! ㅋㄱ

어울림의 공식적인 입장 발표도 없었건만 포털 사이트와 대한민국이 들썩이고 있었다. 그리고 새 영화냐, 아니면 새 앨범이냐를 놓고 대중들끼리 치열한 논쟁을 펼치기 시작했다.

그리고 그날 저녁 6시. 어울림 신사옥 전광판 위에 송지유의 또 다른 사진이 떠올랐다.

가을꽃이 만연한 정원 벤치 위에 하얀색 원피스 차림의 송지유가 홀로 앉아 있었다. 그리고 개나리 색깔 선글라스를 쓴 송지유가 고개를 살짝 돌린 채로 누군가를 쳐다보고 있었다.

[국민 소녀, 기억하시나요?]

카피 문구까지 더해진 그림 같은 한 장의 사진은 수많은 대중들의 향수를 자극했다. 그 모습이 꼭 20살 시절의 송지유를 연상시켰기 때문이었다.

─국민 소녀 ㅋㅋㅋ 진짜 오랜만에 들어본다.

─옛날에는 송지유하면 무조건 국민 소녀라고들 했었는데 ㅋㅋ

─국민 소녀에서 지금은 여왕님 ㅋㅋㅋ

─왜 이 사진을 보고 첫사랑이 생각나는 걸까?

─첫사랑의 아이콘이 우리 지유 님이니까? ㅋㅋ

─송지유 첫 영화 아직도 DVD로 소장 중! 가끔 대학 다닐 때

만났던 여친 생각나면 꺼내서 봄.

　ㅡ하아, 내 첫사랑이 딱 송지유처럼 생겼었는데…….

　ㅡ송지유 옛날 때 생각난다. 그때는 진짜 얼음 공주였었는데 ㅋㅋ

　ㅡ그때 출연했던 무모한 형제들만 봐도 얼굴에 날이 서 있음 ㅎㅎ;

　ㅡ무형에서 싸가지 없어서 좀 싫어했다가 팬이 된 사람도 있음. 나처럼 ㅋㅋ

　ㅡ다들 그만들 해요 ㅠㅠ 옛날 기억 나니까ㅠㅠ

　ㅡ네. 국민 소녀, 기억합니다! ㅠㅠ

　ㅡ대학교 다닐 때 힘들었는데, 그때 알바하면서 지유 님 노래 많이 들음 ㅎ

　ㅡ기 울림이인데, 지금은 벌써 취업도 하고 아이 아빠네요! ㅋㅋ

　ㅡ그러고 보니깐 세월 참 빠릅니다. 변함없는 건 우리 지유 님뿐이군요. 아직도 엄청난 동안이셔 ㅠㅠ

　ㅡ변치 않는 미모 ㅋㅋㅋ

　ㅡ방부제 미모 ㅋㅋ 하지만 난 이젠 배 나온 아재 ㅋㅠ

　ㅡ신기한 게 송지유도 그렇고 어울림 사람들은 꼭 함께 세월을 보내온 것 같아. 나만 그래요?

　ㅡㄴㄴㄴ 나도 그럼. 한 번도 본 적은 없지만 어울림이 잘될 때는 나도 웃고, 힘들 때는 나도 속상하고 그랬어요.

　ㅡ저노;

　ㅡ여기 또 있음!

—딴 건 모르겠고 어울림은 내가 키운 거 같음 ㅋㅋㅋ

—ㅋㅋㅋㅋㅋㅋㅇㅈㅇㅈ 김 회장님 보면 꼭 내 형 같아 ㅋㅋ

—어울림 사람들 다 가족 같은 느낌?

—이 동화 같은 이야기가 쭉 계속되었으면 좋겠다.

—ㅇㅇ 그리고 우리들은 그 동화를 쭉 지켜보고 ㅎㅎ

어울림 신사옥 전광판에 나타난 사진 한 장에 많은 팬들이 옛 추억들을 하나둘 꺼내놓고 있었다. 그리고 어울림과 함께 세월을 보내온 사람들이 너도나도 댓글을 달고 있었다.

"……."

"……."

댓글을 읽고 있던 현우와 송지유도 팬들의 따듯한 마음에 절로 숙연해졌다. 늘, 항상 많은 팬들이 어울림과 어울림 가족들을 향해 큰 사랑을 보내주고 있었다.

"지유야."

현우가 나지막하게 송지유를 불렀다. 송지유가 핸드폰을 소중히 손에 쥔 채로 현우를 올려다보았다. 송지유의 눈동자엔 눈물이 글썽이고 있었다.

"울어?"

현우가 깜짝 놀랐다. 어지간하면 절대 눈물을 보이지 않는 송지유였다.

"있잖아요… 내가 바보였나 봐요. 다들 이렇게 기다려 주고 있었는데, 내가 노래해 주기만을 기다리고 있었는데, 왜 또 망설였을까요?"

많은 사람들의 따듯한 한마디, 한마디에 송지유가 감동을 받은 것 같았다. 현우가 자리에서 일어나 송지유를 안아주었다.

"누구나 처음엔 떨리고 무서운 법이야. 겪어보기 전까지는 아무도 모르는 거니까. 그래도 지유, 너는 이번에도 용기를 냈잖아. 그때처럼 말이야."

오래전, 미국에서 한국으로 돌아왔을 때도 송지유는 큰 용기를 내야 했었다. 그리고 정말 많은 사람들이 송지유를 따듯하게 맞이해 주었다.

"이번에도 마찬가지일 거야. 물론 예전보다는 인기가 못할 수도 있어. 하지만 말이야. 한 가지는 확실해. 정말 많은 사람들이 지유 네 노래를 그리워하고 있었다는 거야."

"응. 알아요. 그래서 더 미안하고 고마워요."

송지유가 현우의 품에서 조용히 말했다.

"그래. 이제 새로운 시작이야. 도전이기도 하고. 우리 힘내보자. 나도 매니저로서 최선을 다할 거야."

"매니저? 오빠가요?"

"응. 송지유 매니저는 바로 나 아니겠어? 너도 시작은 가수였듯이 나도 시작은 송지유 매니저였어. 그러니 이번 앨범 활동도 내가 맡아야 하지 않겠어?"

"못 말려."

현우의 말에 송지유가 풋 하고 웃음을 터뜨렸다. 매니저 일을 보는 회장이라니, 세상 사람들이 깜짝 놀랄 만한 일이었다.

"앨범 작업 내내 찡그리기만 하더니 이제야 웃는구나?"

현우도 덩달아 빙그레 웃었다.

그리고 다음 날 오전 10시. 하얀색 원피스 차림에 꽃으로 만든 왕관을 쓴 송지유가 들꽃 다발을 두 손에 쥔 채로 환히 미소 짓고 있는 앨범 재킷이 카피 문구와 함께 전광판으로 떠올랐다.

[꽃 지유 전집, 봄, 여름, 그리고 가을, 겨울.]

필름 카메라로 촬영된 앨범 재킷과 서정적인 느낌의 카피 문구는 옛 향수를 진하게 느끼게 했다.

그렇게 오리지널 타이틀곡 1곡과 한 시대를 풍미했던 20개의 곡이 실린 역사적인 앨범이 공개되었다.

4장

외전12 ─ 한국 편 V

[여왕이 돌아오다! 송지유! 깜짝 새 정규 앨범 발매!]

[그 시절 국민 소녀를 기억하십니까? 송지유, 정규 앨범 들고 대중들 앞에 서다!]

[어울림 엔터테인먼트! 송지유 리메이크 앨범 발매! 마지막 한 수는 결국 송지유였다!]

[한국 가요계의 역사를 담았다! 리메이크 곡만 무려 20곡! 역대 이런 앨범이 있었나?]

─ㅋㅋㅋㅋㅋㅋ이거 봐! 송지유였다니까? ㅋㅋ

─와;; 어울림 마지막 한 수는 역시 여왕님이셨어? ㅋㅋㅋ

─갓 지유가 돌아왔다! 갓! 갓!

─축제다! ㅋㅋㅋ

─대체 얼마 만에 내는 새 앨범임? 그동안 목 빼고 기다렸어요! ㅠㅠ

─실시간 어울림 신사옥 전광판.JPG

─마무리는 역시 여왕님! ㅋㅋㅋㅋ

─리메이크한 곡만 20개? ㄷㄷ

─어울림이기에, 송지유이기에 가능한 앨범임 ㅇㅈ?

─ㅇㅈ! ㅋㅋㅋ

─가요계에 한바탕 또 피바람이 불겠구나! 송지유라는 피바람 ㅋㅋㅋ

─감사합니다! ㅜㅜ 감사합니다! ㅜㅜ

─어울림이 또 어울림 했다! 여왕님 가자!

─앨범 언제 나옴? ㅋㅋㅠ

─제발 빨리 나와라! 새 앨범!! ㅎ

한때 국민 소녀라 불리며 내놓는 앨범마다 대히트를 쳤던 송지유가 다시 새 앨범을 들고 가요계에 복귀했다.

언론도, 그리고 팬들도 쉽게 예상하지 못했던 기습적인 깜짝 복귀였다.

다음 날인 오전 9시. 온라인 음원 발매에 앞서 오프라인에서 먼저 '꽃 지유 전집'이 정식 발매가 되었다. 그리고 앨범을 판매하는 스토어마다 사람들이 길게 줄 서 있는 진풍경이 벌어지기 시작했다.

　

ー꽃 지유 전집 드디어 샀습니다! 인증!

ー인증합니다! 앨범 샀어요!

ー인증! 인증!

ー우리 지유 님 앨범 인증입니다!

ー앨범 인증! 겨우 삼 ㅋㅋ

ー인증! 빨리 사세요! 곧 품절 삘 ㅋㅋㅋㅋ

ー사람들 엄청 줄 섰음 ㅋㅋㅋㅋ 빨리 사요! 품절됩니다!

　

줄을 서서 힘겹게 새 앨범을 구매한 팬들이 커뮤니티마다 실시간 앨범 구매 인증을 시작했다 그리고 하나둘 각자의 생각이 담긴 리뷰들도 쏟아지기 시작했다.

　

ー요즘 시대에 보기 드문 명반; 명곡들로만 꽉꽉 눌러 담았습니다. 소장 가치 충분하니까 꼭 사세요들!

ー요즘 같은 음원 시대에 CD로 두 장짜리 앨범 실화? 어울림이라서, 송지유라서 가능한 앨범!

ー앨범 재킷 사진들 때문에라도 앨범 사야 함. 사 보면 압니

다! ㅋㅋㅋ

─70년대, 80년대에도 좋은 노래들이 진짜 많았구나. 딱 느낀 점. 긴말 안 함.

─오리지널 타이틀곡이 신선한 충격이었음. 음원 발매 기다리는 분들도 계시니 스포일러는 자제하겠습니다! ㅎㅎ

─음색이 더 깊어졌고, 그 깊어진 음색만큼 감성도 깊어졌다. 한 줄 평?

─한 줄 평: 그냥 갓! 갓! 지유.

─여왕님을 찬양하라!

─전 세대를 아우를 수 있는 명반

─송지유는 21세기 한국 가요계의 보석 같은 존재

─한국 음악의 역사를 담다.

─가수는 잊히지만 노래는 영원하다.

선공개된 송지유의 앨범을 듣고 난 팬들이 한 줄 평을 쏟아내기 시작했다. 덕분에 음원 발매를 앞두고 기대치는 더욱 크게 올라갔다.

그리고 앨범을 구매한 기자 한 명이 리메이크 곡 리스트를 기사로 공개하면서 또 한 번 화제가 되기 시작했다.

['꽃 지유 전집, 봄, 여름 그리고 가을, 겨울'에 수록된 리메

이크 곡 대공개!]

돌아온 여왕 송지유의 새 정규 앨범 '꽃 지유 전집'의 초동 물량 50만 장이 완판되는 기염을 토해내었다. 국민 소녀를 넘어 국민 가수라 불리기도 했던 송지유의 복귀에 대한민국이 다시금 열광을 하고 있다. 새 정규 앨범은 오리지널 곡 '담아'를 포함해서 리메이크 된 전곡이 타이틀곡이라 불릴 정도로 벌써부터 큰 호평을 받고 있다(중략).

님은 먼 곳에 / 아침이슬 / 행복의 나라로 / 작은 새 / 당신은 모르실 거야 / 제3한강교 / 영원한 친구 / 미소를 띄우며 나를 보낸 그 모습처럼 / 꿈에 / 사랑하기 때문에 / 사랑한 후에 / 거리에서 / 슬픈 표정 하지 말아요 / 인디언 인형처럼 / 보라빛 향기 / 샴푸의 요정 / 삐에로는 우릴 보고 웃지 / 사랑느낌 / 이 밤이 지나면 / 가려진 시간 사이로

─좋은 곡들 진짜 많다! ─

─이 곡들을 다 리메이크했다고? ㄹㅇ?

─크; 한 번쯤은 다 들어본 명곡들…….

─어울림 클라스; 송지유 클라스;

─출근하느라 앨범 못 삼 ㅠㅠ 음원 공개는 언제 함? ㅠ

─빨리 음원 좀!

─음원 나와라. 나와라. 나와라.

이처럼 앨범을 구매한 팬들의 후기와 앨범 리뷰를 담은 기사들이 홍수처럼 쏟아졌다.

그리고 마침내 다음 날 오후 6시를 기점으로 음원 차트에 송지유의 새 앨범이 일시에 공개가 되었다.

[송지유, '꽃 지유 전집' 전 음원 차트 동시 공개!]

—드디어! 나왔다!

—스트리밍하러 ㄱㄱㄲㄱ!

—ㅋㅋㅋㅋ 갑시다!

—가즈아~ ㅋㅋㅋ

코코넛을 비롯해 주요 음원 사이트가 송지유의 새 앨범 발매로 뜨거워졌다. 그리고 모두가 예상했듯이 송지유의 '꽃 지유 전집'이 음원 차트 줄 세우기를 시작했다. 1위부터 21위까지가 송지유의 곡들로 나란히 세워졌다.

대형 커뮤니티엔 송지유의 새 앨범과 관련된 글들이 넘쳐나기 시작했다.

—현재 음원 차트 현황.JPG

—ㅋㅋㅋㅋㅋ 선부 송지유 노래로 도배 ㅋㅋ

—옛날에도 송지유 앨범만 내면 줄 세우기 아니었음? ㅋㅋ

─와 소름; 이 정도로 줄 세우는 건 처음 보는데? ㅋㅋㅋ

　─확실하게 송지유는 클래스가 다르다…

　─여왕은 여왕이다… ㄹㅇ;

　이뿐만이 아니었다. 리메이크 곡들의 뮤직비디오가 일시에 공개가 되었다. 총 21개의 뮤직비디오였다. 유례가 없는 스케일에 대중들은 다시 한번 열광을 했다.

　[어울림 엔터테인먼트, 작정했다! 송지유 새 앨범, 뮤직비디오만 21개!]

　[여왕은 다르다! 어울림 WE TUBE 공식 계정으로 뮤직비디오 올라와! 조회 수 기록 경신 중!]

　[송지유, '꽃 지유 전집' 앨범 준비 기간만 5년? 전례 없는 역대 최고의 앨범!]

　─그, 그만해! 대체 어디까지 보여주려고? ㅠㅋㅋ

　─이제는 어울림이 무섭다… 송지유도 무섭다…….

　─잘못했어요 ㅠㅠ 다시는 어울림을 의심하지 않겠습니다!

　─여왕님께 충성! 충성!

　─충성! 받들겠습니다! 여왕님!

　─지유 마마! 만세!

거기다 CV 그룹의 근황이 어느 한 대형 커뮤니티에 올라왔
다.

─실시간 동생 바보 재벌 오빠 근황.JPG

─ㅋㅋㅋ 휴게소에 또 송지유 앨범 광고 실렸다! ㅋㅋ

─ㅋㅋㅋㅋㅋㅋ 총수가 직원들한테 왜 동생 앨범 팔고 있냐? ㅋㅋ
ㅋㅋ

─진짜 못 말린다! ㅋㅋㅋ 자기가 왜 앨범 인증을 해? ㅋㅋ

"하하!"

회장실에서 노트북으로 대중들의 반응을 지켜보고 있던 현
우가 크게 웃음을 터뜨렸다.

송지유의 새 앨범 발매와 동시에 CV 그룹에서도 대대적으
로 홍보를 하고 있었다. 그리고 그 전면에 총수인 문태진이 있
었다.

CV 그룹 본사뿐만 아니라 계열사 사옥마다 송지유의 새 앨
범 재킷이 걸려 있었다. 그리고 문태진이 구내식당을 찾아 직
접 직원들에게 앨범까지 팔고 있었다. 그리고 개인 SNS가 송
지유의 새 앨범으로 빼곡하게 들어차 있었다.

"확실히 태진 형님은 중증이야."

"웃지 마요. 창피하니깐."

계속해서 웃고 있는 현우와 달리 송지유는 정말이지 못 말리겠다는 표정을 하고 있었다. 현우가 송지유를 쳐다보며 방긋 웃었다.

　"태진 형님도 기쁘신 거지. 모처럼 지유 네가 앨범을 냈고, 지금 그 앨범이 초대박을 치고 있으니까. 나도 이렇게 기분이 좋은데, 태진 형님은 오죽하실까."

　현우가 의자 뒤로 몸을 묻고 기지개를 켰다. 그러고는 방금 전 회장실을 찾아온 손태명을 슥 쳐다보았다.

　"태명아, 봤냐?"

　"뭘 봐?"

　"우리 대스타 지유의 위엄을 봤냐고."

　대스타라는 호칭에 송지유가 작게 풋 하고 웃어버렸다. 현우의 허세에 손태명도 픽 웃었다.

　"그래. 너랑 지유 잘났다. 됐냐?"

　"그렇지. 바로 그거지. 태명이 너도 좋지?"

　"당연한 소리를 왜 물어?"

　손태명이 현우를 보며 픽 웃었다. 이번 리메이크 앨범을 제작하기 위해 막대한 제작비가 들었지만, 벌써부터 앨범은 초대박을 치고 있었다.

　"후우… 다들 그동안 고생 많았어."

　현우가 빙그레 웃으며 오승석과 블루마운틴에게 고마움을

표시했다.

"고생은. 우리야말로 지유한테 고맙지."

"태어나 줘서 고맙다, 지유야."

블루마운틴의 농담에 회장실에선 웃음이 터졌다.

그동안의 걱정과 우려가 기우였다는 것이 앨범 발매와 동시에 입증이 되었다.

지금 어울림은 회장인 현우나 사장인 손태명부터 시작해서 전 직원들이 그야말로 축제 분위기에 놓여 있었다.

당연했다.

송지유의 초동 앨범 물량 50만 장이 완판이 되었다. 유례가 없는 일이었다. 송지유의 곡들이 주요 음원 차트를 싹쓸이하고 있었고, WE TUBE에 올라온 뮤직비디오들도 매시간마다 기록을 경신하고 있었다. 포털 사이트를 비롯해 여러 커뮤니티들도 송지유 이야기로 가득했다.

벌써 길거리에서도 식당이든 상점이든 송지유의 노래들이 흘러나왔다. 앨범이 100만 장씩 팔리던 90년대 황금기에서나 벌어질 법한 일들이 21세기에 벌어지고 있는 것이었다.

직원들 모두가 어울림 소속이라는, 그리고 어울림 간판스타인 송지유가 건재함을 넘어서 유일무이한 부동의 탑 가수라는 것에 자부심을 느끼고 있었다.

"내일모레부터 지유, 공식 앨범 활동 시작이다. 알고 있지?"

손태명이 말했다. 현우가 고개를 끄덕거렸다.

"앨범 활동이라. 그 말도 정말 오랜만에 들어보는데?"

현우가 송지유를 쳐다보았다. 그동안 할리우드에서 활동을 하며 한국 팬들을 가까이할 기회가 없었던 송지유였다. 귀국을 한 이후에도 프로모션 행사 때를 제외하면 그간 집에서 휴식을 취하기만 했다.

오랜만에 노래로 팬들 앞에 설 수 있다는 생각에 송지유도 설레고 있었다.

"지유야, 우리 이번 앨범도 잘해보자."

"응. 우리 잘해봐요."

현우와 송지유가 서로를 따뜻한 눈동자로 쳐다보았다.

"휴~ 한동안 나도 바쁘겠네. 오빠, 나 없어도 괜찮겠어요?"

김은정이 손태명을 쳐다보며 걱정스레 물었다. 그간 둘이서 꼭 붙어 지내던 손태명과 김은정이었다. 손태명이 김은정을 쳐다보며 부드럽게 웃었다.

"괜찮아. 모처럼 지유가 활동을 하는 거니까 은정이도 재밌게 놀러 다닌다고 생각해."

"알았어요. 비타민 잘 챙겨 먹고 그래야 해요? 근데 진짜 옛날 생각난다. 현우 오빠랑 지유랑 셋이서 낡은 봉고차 하나 타고 안 가본 데가 없었는데."

"그랬었지."

현우도 옛 기억을 떠올리며 웃었다. 송지유도 마찬가지였다. 옛날 생각에 잠겨 있었다.

"우리 첫 무대가 어디였었지? 쏭, 기억나?"

"우리 학교 축제였잖아."

"맞다!"

송지유의 대답에 김은정이 짝, 손바닥을 마주쳤다.

"그때 현우 오빠 처음 보고 사기꾼인 줄 알았는데."

"야, 은정아. 살살 때려."

현우가 쓴웃음을 머금었다. 손태명이 조용히 입을 열었다.

"뭐 그럴 만하지. 아무것도 없는 주제에 패기 하나만 넘쳤으니까."

"둘이 그때부터 아주 환상의 커플이었다니까요? 한 명은 근거 없이 패기만 넘치고 한 명은 그냥 이유 없이 콧대만 높고. 핑크플라워 애들이랑 시비 붙었을 때는 다 끝났다 싶었는데. 걔네 지금 뭐 하더라?"

김은정의 깜찍한 제스처에 송지유가 풋 하고 또 웃음을 터뜨렸다.

"쩡, 너 못됐어."

"너만 하겠어, 쏭? 참, 내 정신 좀 봐. 송지유 전용 의상 찾아봐야 하는데."

"나 또 그거 입어야 해?"

송지유가 되물었다.

"당연하지."

"당연한 거 아냐?"

현우와 김은정이 동시에 같은 말을 내뱉었다. 송지유가 작게 웃었다. 가만 보면 연인인 현우나 베스트프렌드인 김은정은 비슷한 부분이 많았다.

"지유야, 개나리색 드레스는 네 상징이야."

"인정. 그리고 내가 삼 일 밤낮을 공들여 만든 옷이라고!"

현우도 김은정도 열변을 토해내었다.

개나리색 원피스. 송지유의 데뷔 앨범 재킷에 실린 옷이었다. 재정 문제 때문에 중요한 무대나 공연 때마다 개나리색 원피스를 입었고, 어느새 송지유 하면 떠오르는 상징이 되어 있었다.

송지유도 옛 기억을 떠올리며 수긍을 했다.

"알았어요. 하여간 둘 다 이상한 고집이 있어."

"그건 나도 인정하는 바다."

손태명도 송지유의 말에 공감을 했다.

"그럼 우리 손 모아요!"

김은정이 척 손을 내밀었다.

"손? 유치하게?"

송지유가 얼굴을 찌푸렸다.

"구호는 김현우! 송지유! 결혼하게 해주세요!"

"하하."

손태명이 김은정을 귀여워 죽겠다는 표정으로 쳐다보며 작게 웃었다.

*　　　　*　　　　*

[송지유, '꽃 지유 전집' 쇼 케이스! 이틀 뒤 저녁 8시 서울 월드컵 경기장에서 개최!]

[여왕! 드디어 대중들 앞에 선다! 서울 월드컵 경기장에서 새 앨범 쇼 케이스!]

[여왕의 품격은 다르다! 서울 월드컵 경기장에서 깜짝 쇼 케이스!]

─소녀혁명은 광화문에서 쇼 케이스 하더니 여왕님은 월드컵 경기장. 어울림 클래스 ㅋㅋㅋ

─쇼 케이스라 쓰고 콘서트라고 쓴다!

─ㄴㄴㄴㄴ 쇼 케이스라 쓰고 축제라고 쓴다! ㅋㅋㅋ

─예매 전쟁이 시작되었구나! ㅎ

─갑니다! 꼭 갑니다!

─울림이들 대거 모이겠네? ㅋㅋㅋㅋ

포털 사이트에 쇼 케이스 관련 기사가 뜨자마자 댓글들이 폭주하기 시작했다. 그리고 곧바로 예매 전쟁이 펼쳐졌고 단 3분 만에 5만 개의 좌석이 매진되는 기염을 토해내었다.

그리고 쇼 케이스가 펼쳐지는 당일, 어울림 본사의 분위기는 결연했다.

이번 쇼 케이스를 위해 매니지먼트 1팀과 매니지먼트 2팀, 3팀의 인력이 총동원되었을 뿐만 아니라, 수장인 현우가 직접 나서기 때문이었다.

"준비는?"

"다 끝났습니다, 태명 형님."

"수고했다, 철용아."

김철용의 어깨를 두들겨 주며 손태명이 어울림 신사옥 앞 주차장을 살펴보았다.

이번 쇼 케이스에서 사용될 의상과 장비들을 실은 차량이 벌써 가지런하게 도열해 있었다.

김정우와 고석훈의 지휘 아래 매니지먼트 팀 인력들과 스타일리스트 팀 인력들도 모두 준비를 마친 상황이었다.

"근데 왜 출발을 안 해?"

"그게… 현우 형님이랑 지유가 아직 도착을……."

"뭐?"

손태명은 황당했다.

쇼 케이스의 주인공인 송지유와 현우가 아직 도착을 하지 않았다.

저녁 8시부터 쇼 케이스가 펼쳐질 예정이었고, 특별히 이번 쇼 케이스는 MBS에서 생방송으로 중계를 할 만큼 엄청난 관심을 모으고 있었다.

그랬기 때문에 일분일초가 귀하고 귀했다. 입술이 바짝 말랐다.

손태명이 한숨을 삼켰다.

"또 무슨 꿍꿍이야? 현우, 이 자식은 연락 없어?"

"제가 현우 형님한테 전화해 볼까요?"

곁에 서 있던 최영진이 물었다. 손태명이 입을 열려는 순간, 김은정이 다다다 달려왔다.

"바, 방금 지유랑 통화했는데 다 왔대요!"

"그래? 왜 늦은 건데?"

최영진이 김은정에게 물었다. 최영진이 더 뭐라고 말을 하려던 찰나 손태명이 손을 들어 제지를 했다.

"하하."

그리고 손태명이 느닷없이 웃기 시작했다.

"현우 씨답습니다, 하하."

김성우도 너딜웃음을 흘렸다.

"태, 태명 형님? 정우 형님? 왜들 그러세요?"

"저기 오네. …하여간 김현우."

웃음기가 담긴 손태명의 말에 어울림 식구들이 일제히 시선을 돌렸다.

"어?!"

최영진이 손을 들어 한쪽을 가리키며 크게 놀랐다.

촌스러운 궁서체로 '기획사 어울림'이라는 로고가 박힌, 낡고 오래된 초록색 봉고차 한 대가 어울림 신사옥 앞으로 유유히 들어서고 있었다.

"저거 봉봉이 아니에요?"

김은정이 반가움이 가득 담긴 얼굴로 물었다. 손태명도, 그리고 어울림 식구들도 일제히 고개를 끄덕거렸다.

비록 세월의 여파에 낡고 낡았지만 한때 어울림 식구들의 든든한 발이 되어주었던 봉봉이가 확실했다.

봉봉이가 모두의 앞에서 멈추어 섰다. 끽끽. 수동 창문이 내려가며 현우와 송지유의 얼굴이 나타났다.

"늦어서 미안! 봉봉이 좀 살짝 손보느라고 늦었어."

현우가 손태명과 어울림 식구들을 쳐다보며 말했다.

"봉봉이, 진짜 오랜만이죠?"

송지유도 그 옆에서 살랑살랑 손을 흔들고 있었다. 어울림 식구들이 저마다 추억에 젖어 봉봉이를 어루만졌다.

"봉봉이가 늙어서 많이는 못 태운다. 선착순 3명."

현우가 씩 웃으며 말했다.

*   *   *

어느덧 뜨거웠던 여름은 지나가고 캠퍼스는 서서히 가을로 물들어가고 있었다. 이른 아침, 텅 빈 캠퍼스를 송지유가 콧노래를 흥얼거리며 걷고 있었다.

"……"

"……"

평소였다면 밀착 경호를 했을 CV 그룹의 경호원들도 멀찍이 떨어져 송지유의 콧노래에 귀를 기울이고 있었다.

"……"

한참을 걷던 송지유가 작은 벤치 앞에서 멈췄다.

"아가씨! 잠시만!"

양 비서가 서둘러 벤치에 손수건을 깔아주었다.

"감사합니다, 양 비서님."

살짝 고개를 숙여 감사를 표시한 다음 송지유가 벤치에 앉았다. 그러고는 미동도 하지 않은 채 가만히 앉아 있기만 했다.

"……"

송지유가 소위 말하는 멍을 때렸다. 늘 빈틈없는 모습만 보이던 송지유였다.

의외의 모습에 양 비서도 그렇고 경호원들도 숨을 죽였다. 그렇게 시간이 어느 정도 흐르자 걱정스러운 마음에 양 비서가 조심스레 말을 꺼냈다.

"아가씨, 무슨 생각을 그리 하시는지요?"

"옛날 생각들을 하고 있어요. …생각해 보니까 참 많은 일이 있었던 것 같아요."

"맞습니다. 지유 아가씨처럼 젊은 나이에 많은 일을 겪은 사람도 드물 겁니다."

양 비서가 나름의 위로를 건넸다.

"그렇죠?"

송지유가 작은 미소를 머금었다.

"쇼 케이스. 잘 끝마쳐야 할 텐데."

송지유가 조용히 혼잣말을 속삭였다.

어딘지 모르게 쓸쓸해 보이는 그 모습에 양 비서와 경호원들이 한숨을 삼켰다. 송지유도 사람은 사람인 모양이었다. 대한민국 최고의 스타인 송지유가 압박감에 시달리는 모습을 곁에서 보고 있자니 안타깝다는 생각이 들었다.

'회장님 말씀이 맞았구나.'

여린 아이이기 때문에 곁에서 늘 지켜보라는 지시를 내렸던 문 회장이었다. 처음에는 양 비서도 그렇고 경호원들도 그

말뜻을 이해하지 못했지만 이제야 비로소 그 뜻을 알 것만 같았다.

하지만 양 비서와 경호원들도 안타까워만 할 뿐 어찌할 도리가 없었다. 이때 생각나는 사람은 딱 한 명뿐이었다.

양 비서가 다급히 입을 열었다.

"기, 김 회장님께서는 언제 오실까요?"

"늦지는 않을 거예요. 제가 조금 빨리 나온 거니까."

"예."

양 비서가 짧게 대답을 했다.

그렇게 얼마나 시간이 흘렀을까, 멍하니 생각에 잠겨 있던 송지유의 얼굴에 희미한 미소가 지어졌다.

송지유가 고개를 들어 양 비서와 경호원들을 향해 입을 열었다.

"현우 오빠예요."

"예. 잘됐습니다, 아가씨."

양 비서와 경호원들의 얼굴도 밝아졌다. 말수도 적고 속을 알 수 없는 아가씨를 늘 웃게 하는 사람은 오직 김현우 회장 한 사람뿐이었다.

송지유가 벤치에서 일어났다.

"가요. 정문에서 기다리고 있대요."

"예, 아가씨."

양 비서와 경호원들이 송지유의 보폭에 맞춰 그 뒤를 따랐다. 캠퍼스 정문에 다다른 송지유가 주변을 두리번거렸다. 하지만 아무리 둘러보아도 현우의 모습이 보이지 않았다.

빵빵! 어디선가 촌스러운 경적 소리가 들려왔다. 송지유가 획 고개를 돌렸다. 그리고 송지유의 얼굴에 더없이 화사한 미소가 지어졌다.

낡은 초록색 봉고차가 낡은 엔진 소리와 함께 서 있었다. 운전석 창문이 삐뚤삐뚤 내려가며 이윽고 현우가 얼굴을 드러내었다.

"지유야!"

한차례 이름을 부른 다음 현우가 운전석에서 내렸다.

"널 위해 준비했어!"

그리고 송지유를 향해 현우가 씩 자랑스럽게 웃어 보였다.

"우리 오빠, 진짜 못 말리죠?"

"예, 그런 것 같습니다. 회장님께서 기다리십니다. 가보시죠, 아가씨."

신이 난 송지유를 보며 양 비서도 기분 좋게 웃었다. 송지유가 서둘러 걸음을 옮겨 현우에게 안겼다.

"오빠? 진짜 봉봉이에요?"

"봉봉이 맞아. 아버지 회사에서 찾았어. 이 녀석도 진짜 오랜만이지?"

"잘 있었니, 봉봉아?"

송지유가 추억에 젖은 눈길로 낡은 초록색 봉고차를 쓰다듬었다. 현우가 그런 송지유를 뿌듯한 얼굴로 쳐다보았다.

"마음에 들었어?"

"네. 근데 어떻게 이런 생각을 했어요?"

"쇼 케이스를 앞두고 지유 네가 스트레스를 많이 받는 거 같아서 이벤트 좀 준비해 봤지. 봉봉이와 홍인대학교. 우리 첫 무대였잖아."

"맞아요. 그랬었죠."

송지유도 현우도 옛 추억에 잠겼다.

홍인대학교 축제 무대에 섰을 때가 엊그제 같았다. 그런데 벌써 시간은 흘러 무명 기획사 대표였던 현우는 당대 최고의 기획사 수장이 되어 있었다. 송지유 역시 무명 가수에서 대한민국을 넘어 할리우드의 별이 되어 있었다.

그리고 현우와 송지유는 두 사람의 인생에 있어서 새로운 시작을 앞두고 있었다.

"첫 무대를 앞두고 내가 지유 너한테 했던 말들 기억해?"

현우가 나지막하게 물었다. 송지유가 미소를 머금으며 고개를 끄덕였다. 그러고는 목을 가다듬으며 현우의 목소리를 따라 하기 시작했다.

"넌 올라가서 노래만 해. 떨려? 떨리면 나만 본다 생각하고 노래해. 네가 노래 부를 때면 난 언제든지 무대 아래서 널 보고 있을 거니까."

"하하, 내가 그랬어?"

"네. 느끼하긴 했는데, 나름 믿음직스러웠어요. 근데, 왜 그랬어요?"

송지유의 물음에 현우가 머뭇거리다 귓가로 속삭이기 시작했다.

"돌아오기 전에 말이야."

"……?"

송지유가 고개를 갸웃거리다 뒤늦게 현우의 말뜻을 이해했다.

"우리가 돌아오기 전에 난 한 번 너를 놓쳤었잖아. 그래서 널 다시 만나면 이 말을 해주려고 매일매일 연습했었어."

"……"

"어쩌면 돌아오기 전부터 내 마음속에는 네가 있었나 보다."

"…오빠."

현우의 담담한 고백에 송지유가 눈물을 글썽였다. 그리고 말없이 현우의 품 안으로 파고들었다.

휘황찬란하고 미사여구가 가득한 사랑 고백은 아니었지만 현우의 진심이 깊게 느껴졌다.

"가요. 태명 오빠랑 다들 기다리고 있을 거예요. 그리고 우리 팬들, 빨리 보고 싶어요."

"이제 준비가 된 거야?"

현우가 송지유의 볼을 부드럽게 쓰다듬었다.

"네, 우리 봉봉이 타고 가요."

"그래, 가자."

*　　　*　　　*

"다들 일어나세요! 아침 안 먹을 거예요?"

거대한 대저택에서 맑은 음색이 울려 퍼졌다. 앞치마 차림의 송지유가 안방 침대를 들여다보며 입술을 깨물고 있었다.

"오빠! 일어나요! 너도 좀 일어나고!"

아무리 타박을 해도 현우와 딸아이는 미동도 하지 않고 있었다.

"……"

입술을 깨물고 있던 송지유가 결국 현우의 등짝을 향해 손을 높이 들었다. 그렇게 등짝 스파이크를 내려치려던 순간 현우가 벌떡 일어났다.

"깨, 깼어, 지유야."

"뭐예요? 지금 자는 척하고 있었어요?"

"응… 어제 회식 있었잖아. 고기 먹은 게 아직도 배가 불러서 말이지."

"엄마, 나도 아직도 배불러."

현우와 딸아이가 송지유를 쳐다보며 어색하게 웃고 있었다. 송지유가 부녀를 보며 짧게 한숨을 내쉬었다.

"모처럼 아침밥도 차렸는데."

"그, 그랬어? 고생했네. 일단 그대로 두고, 점심때나 저녁때 먹으면 되지 않을까? 그치? 우리 딸?"

현우가 횡설수설했다.

"응! 엄마, 다연 이모가 그랬는데, 대스타는 요리하는 거 아니랬어. 응?"

송지유가 딸아이를 내려다보았다.

하얀 피부에 보석같이 검은 눈동자가 참으로 예뻤다. 생긴 건 송지유 본인을 빼닮았는데, 성격은 어쩐지 아빠처럼 능글맞기가 그지없었다. 어떻게 보면 옐시 같은 느낌도 났다.

"……"

잠시 고민을 하던 송지유가 결단을 내렸다.

"안 돼. 아침밥은 꼭 먹어야 해."

"아, 아빠? 난 지옥 된장국 먹기 싫어. 차라리 그냥 지옥을 갈래."

딸아이가 애처로운 눈동자로 현우를 쳐다보았다. 고민을 하던 현우가 딸아이의 손을 잡았다.

"튀자, 딸."

"응. 튀자!"

현우와 딸아이가 손을 잡고 급히 안방을 벗어났다.

"지금 나랑 장난해요?!"

송지유가 빽 소리를 지르며 부녀를 추격하기 시작했다.

"김현우! 잡히면 가만 안 둘 거야! 그리고 너! 너?"

순간 딸아이의 이름이 생각나지 않았다. 느닷없는 현상에 송지유가 가만히 멈춰 서서 당황해했다. 딸아이의 이름이 떠오르지 않다니, 말도 되지 않는 일이었다.

"지유야, 지유야?"

"쏭? 자는 거야?"

"……"

귓가에 들려오는 음성에 송지유가 서서히 두 눈을 떴다.

"…지유야? 괜찮아?"

"쏭……?"

눈앞으로 걱정스러운 얼굴을 하고 있는 김은정과 손태명의 얼굴이 보였다. 그제야 정신이 들었다.

그다음으로는 대기실 정경이 훤히 들어왔다. 어울림 식구들과 직원들이 하나같이 송지유 자신을 걱정스레 쳐다보고 있었다.

"…우리 오빠는요?"

송지유가 가장 먼저 현우부터 찾았다. 김은정이 송지유의 메이크업과 헤어를 만지면서 입을 열었다.

"너 자는 거 지켜보다가 뭐 사러 간다고 잠깐 나갔어. 근데 쏭, 깨자마자 현우 오빠부터 찾아? 나도 있는데 너무한 거 아니야?"

김은정이 삐죽 입을 내밀어 삐진 척을 했다.

마침 대기실 문이 열리고 현우가 등장을 했다. 잠에서 깬 송지유를 쳐다보며 현우가 빙그레 웃었다.

"잘 잤어?"

"…나 언제 잠들었어요?"

"한 30분 된 거 같은데? 왜? 무슨 일 있었어?"

현우는 현우였다. 어딘지 모르게 송지유의 표정이 평소와 달랐다. 송지유가 잠시 머뭇거리다가 입을 열었다.

"…나 꿈꿨어요."

"꿈?"

"네. 오빠랑 나랑 결혼했는데, 딸도 있었어요."

"딸?"

딸이라는 말에 현우의 입이 귀에 걸렸다.

"적당히 해. 이젠 현우 오빠랑 결혼하는 꿈까지 꿔? 넌 태진 오빠 뭐라고 할 자격이 없어. 너도 현우 오빠한테 하는 거 보면 중증이라니까?"

김은정이 혀를 찼다. 그러면서도 잔뜩 부러운 얼굴로 은근히 손태명을 쳐다보았다.

"그래서 누구 닮았는데?"

현우가 물었다. 꿈이긴 했지만 나름 중요한 대목이었다.

"현우 오빠까지?"

김은정이 고개를 절레절레 흔들었다. 송지유가 현우를 올려다보며 환히 웃었다.

"걱정 마요. 나를 닮았으니까."

"하하, 다행이네."

현우가 빙그레 웃으며 고개를 숙였다. 그리고 송지유와 눈동자를 맞췄다.

"내가 잠깐 밖에 보고 왔는데, 5만 석이 전부 찼어. 전부 지유 너를 보러 온 분들이야."

"……."

"잘할 수 있지?"

송지유가 힘차게 고개를 끄덕였다.

"응, 잘할 수 있어요. 오빠도 보고 있을 거죠?"

"당연하지. 어디 나뿐이야? 태명이도 그렇고 은정이도 그렇고 우리 어울림 식구들이 다 응원하고 있을 거야."

"알았어요."

"그래. 역시나 오늘도 예쁘다."

현우가 거울에 비친 송지유의 모습을 보며 만족스러워했다. 간만에 배우가 아닌 가수로서의 송지유였다.

얌전하게 묶어 올린 포니테일 머리에 개나리색 리본이 참으로 잘 어울렸다. 그리고 송지유를 상징하는 개나리색 원피스와 구두까지. 꼭 처음 그 시절의 송지유를 보는 것 같았다.

"끝났다! 쏭! 출격 준비 완료!"

김은정이 탁탁 손을 털며 송지유를 일으켰다. 잠자코 있던 손태명이 현우를 쳐다보았다.

"뭐 하냐? 진행자가 가만히 있을 거야?"

"하하, 오랜만이네. 진행도."

현우가 손태명을 쳐다보며 쓰게 웃었다.

어울림이 자리를 잡기 전에는 행사 MC 부를 돈을 아끼느라 중요한 무대나 행사 때마다 진행을 도맡았던 현우였다. 물론 지금은 대한민국에서 내로라하는 진행자 그 누구라도 섭외를 할 수 있었다.

하지만 현우도 송지유도 그리고 어울림 식구들도 이번 쇼케이스를 두고 다들 향수에 젖어 있었다.

남은 바람이 있다면 오늘 쇼 케이스를 찾은 팬들도 그 시절의 향수에 젖어드는 것이었다.

                    *   *   *

　"······."

　"······."

　오후 8시 정각에 펼쳐지는 '꽃 지유 전집'의 쇼 케이스를 앞
두고 서울 월드컵 경기장은 정적으로 물들어 있었다.

　보통 들떠 있는 분위기인 보통의 콘서트나 쇼 케이스와는
그 격이 달랐다.

　마치 누가 통제라도 하고 있는 듯 5만여 명의 관객들은 경
기장 중앙에 만들어진 무대로 시선을 모으고 있었다.

　무대 분위기도 화려하고 압도적이었던 소녀혁명의 쇼 케이
스 때와는 많이 달랐다. 하얀색 작은 의자와 그 옆에 놓은 피
아노가 전부였다.

　은은한 어둠으로 물든 무대 위에 커다란 화면이 현재 시각
만을 나타내고 있을 뿐이었다.

　"······."

　"······."

　오후 7시 59분이 되자 서울 월드컵 경기장에 더욱 짙은 침
묵이 내려앉았다.

　이세 1분 후면 국민 소녀러 불렸던 송지유가 다시 무대 위로
서게 된다는 생각이 5만여 명의 팬들을 침묵케 한 것이었다.

그리고 마침내 오후 8시 정각이 되었다.

그리고 그 순간 월드컵 경기장 곳곳에 설치된 거대한 스크린으로 송지유가 나타났다. 오래전, 대중들에게 공개되지 않았던 송지유의 활동 영상들이 흘러나오기 시작했다.

20살 시절의 데뷔곡이었던 '종로의 봄'과 최고의 명곡으로 뽑히는 '낙엽 편지' 활동 당시의 모습들, 그리고 21살과 22살 무렵, 무대 아래에서의 모습들도 흘러나왔다.

정규 앨범 1집이었던 '낙엽 편지' 쇼 케이스를 앞두고 대기실에서 고민 중인 송지유의 영상이 흘러나왔다.

[여러분~ 사랑해요~ 예뻐해 주실래요? 이거 많이 이상해요?]

[좀 많이 이상해. 너 팬들한테 그런 이미지 아니잖아.]

[그건 현우 오빠 말이 맞아. 쏭, 너는 도도하고 차갑게 '안녕하세요? 송지유예요' 이게 낫다니까?]

[내 이미지 어쩔 거야.]

영상 속 울상을 하는 송지유의 모습에 팬들이 작은 웃음을 터뜨렸다. 뒤이어 현우와의 연애 사실이 알려지고 대한민국이 발칵 뒤집혔던 그 시절의 영상도 흘러나왔다.

[송지유, 그만해라. 너 언제까지 집에만 박혀 있을 건데? 네가 무슨 잘못을 했어? 얼음 여왕이라며? 좀 당당해질 수 없어? 뭐가 그렇게 무서운 건데?]

[다연 언니도 알잖아요.]

[내가 뭘 알아?]

[팬들이, 팬들이 날 싫어할까 봐 그게 무서워요, 언니.]

[괜찮아. 네 팬들 그렇게 마음 쉽게 변하는 사람들 아니야.]

[그럴까요?]

[응. 그럴 거야.]

영상 속 엘시가 송지유를 따뜻하게 안아주었다.

그 시절의 숨겨진 이야기에 팬들이 안타까움을 숨기지 못했다. 그리고 뒤를 이어 팬들은 알지 못했던 미국에서의 일상 모습도 흘러나왔다.

[우리 팬들 앞에서 노래 부르고 싶다. 노래 부르고 싶다.]

[곧 그런 날이 올 거야, 지유야.]

[언제요? 이러다 내가 가수였던 것도 잊을까 겁나요.]

[그럴 일 없어. 곧 돌아갈 수 있을 거야. 참, 박 팀장님, 딸이란다, 지유야.]

[진짜요?]

[응. 이름도 지유래. 하하.]

[지유? 하필.]

영상 속 송지유가 시무룩한 얼굴을 했다.

"……"

"……"

덩달아 팬들도 안타까움을 숨기지 못했다. 비난 여론에 몰려 미국으로 가 있던 그 시절에도 송지유는 팬들 앞에서 노래를 부르고 싶어 했고, 팬들을 그리워했다.

[스탠바이! 마지막 촬영입니다! 그레이스! 할 수 있죠?! 이 장면만 찍으면 한국 가는 겁니다! 한국 팬들을 생각해서라도 힘내요! 당당하게 한국으로 돌아갑시다!]

[네! 알았어요! 한 번에 가죠!]

미국에서 영화 촬영에 열중인 송지유의 모습도 흘러나왔다.

[우리 팬들이 좋아하겠죠?]

[그래. 아마 네가 공항에 이 슈트를 입고 왔으리라곤 상상도 못 할 거야.]

[진짜 재미있겠다! 엄청 기대돼요!]

한국으로 돌아오는 전세기 안에서의 모습도 흘러나왔다.

그리고 세월이 많이 흘러 뉴 소울에서 요리에 열중인 송지유의 모습이 흘러나왔다.

[오빠! 할아버지들! 내가 파스타 만들었어요! 송지유표! 크림 파스타! 후안이 먼저 먹어봐요!]

[아, 악!]

[후안? 괜찮아요?]

[지, 지옥의 맛이야, 대체 여기에다가 뭘 넣은 거야?]

[⋯홍, 홍삼 가루?]

영상 속 송지유의 한마디에 월드컵 경기장으로 큰 웃음이 터졌다.

미처 알지 못했던 송지유의 여러 모습에 이미 팬들은 정신없이 빠져든 상태였다. 꼭 그 긴 세월들을 송지유와 함께한 것 같은 느낌이 들었다.

그리고 그때, 월드컵 경기장에 설치된 많은 스크린에 글귀하나가 떠올랐다.

[넌 지금 어디 있니?]

뒤이어 곧바로 서울 월드컵 경기장으로 익숙한 명곡의 전주가 흘러나오기 시작했다. 그와 동시에 무대 위로 다섯 명의 흑인 노인들이 나타났다.

"와아아!"

뉴 소울의 영감들이었다. 느닷없는 영감들의 등장에 월드컵 경기장이 함성 소리로 가득 찼다. 영감들의 색소폰 소리와 악기 연주 소리가 월드컵 경기장을 가득 메우기 시작했다.

그리고 거대한 스크린으로 대기실 복도의 모습이 흘러나왔다. 송지유가 개나리색 마이크를 들고 우두커니 서 있었다. 그 옆으로 현우의 모습도 나타났다.

"와아아!"

팬들이 열광을 하기 시작했다. 송지유가 현우의 손을 잡고 무대로 올라오는 모습이 거대한 스크린에서 생생하게 중계가 되었다.

그리고 마침내 스크린을 벗어나 무대 계단 아래로 송지유와 현우의 모습이 나타났다. 송지유가 나타나자 팬들의 함성은 더욱 커져갔다.

무대에 오르기 전 송지유가 현우를 보며 살짝 미소를 지었다.

"다녀올게요."

"다녀와. 지켜보고 있을 테니까."

"응."

송지유가 천천히 무대 위에 올랐다. 그리고 뉴 소울의 영감들과 살갑게 눈인사를 나눈 다음 무대의 중앙으로 섰다.

이윽고 개나리색 조명이 화사하게 쏟아졌다. 송지유가 팬들을 바라보며 천천히 마이크를 들었다.

"노래 가사가 꼭 저랑 저희 이야기 같지 않아요?"

"네!"

송지유의 한마디에 팬들이 큰 함성으로 화답을 했다. 송지유가 팬들을 향해 미소를 짓다가 가만히 두 눈을 감았다.

넌 지금 어디 있니?

이번에 리메이크된 곡들 중에 가장 큰 인기를 끌고 있는 '가려진 시간 사이로'를 송지유가 열창하기 시작했다.

내 생각 가끔 나는지

여러 사연들로 인해 잠시 마이크를 내려놓았던 송지유였다. 하지만 돌아온 송지유는 음색이 더욱 깊어져 있었다. 감성 또한 더욱 진해져 있었다.

한 소절, 한 소절에 5만여 명의 팬들은 정신없이 빠져들어야 했다.

그리고 그렇게 국민 소녀가 돌아왔다.

＊　　　　＊　　　　＊

꿈같았던 시간은 흘러 어느덧 마지막 곡 차례가 다가왔다.

"……"

"……"

서울 월드컵 경기장은 고요했다. 송지유의 목소리에 팬들이 감성과 향수에 진하게 젖어 있었기 때문이었다.

"앵콜! 앵콜!"

뒤이어 앵콜이 쏟아졌다. 긴 말은 필요하지 않았다. 송지유가 고마움을 담아 팬들에게 꾸벅 고개를 숙였다.

"……"

그러고는 무대 아래쪽을 쳐다보았다. 현우가 그 시절 그때처럼 송지유의 클래식 기타를 들고 무대 위로 올라왔다.

현우의 등장에 팬들의 박수가 쏟아졌다.

"어땠어요?"

곡을 마친 송지유가 마이크를 내리고는 현우에게 조용히 물었다.

"최고였어. 송지유다웠어."

현우 또한 송지유의 감성에 젖어들어 있는 상태였다. 송지우가 현우를 보며 생긋 웃었다.

"다행이에요."

"이제 한 곡만 더 부르면 되니까 끝까지 힘내자."

"응. 알았어요."

"그래."

현우가 등을 돌려 무대 아래로 내려가려 했다. 그런데 작고 하얀 손이 현우의 손을 잡았다. 현우가 고개를 돌렸다.

"……?"

현우가 멈칫했다. 하지만 송지유는 그저 웃고 있었다. 현우의 손을 굳게 잡은 채로 송지유가 마이크를 들었다. 그리고 팬들을 향해 입을 열었다.

"마지막 노래는 저에게 있어서 가장 소중한 사람한테 들려주고 싶은 노래예요. 바로 우리 현우 오빠."

"와아아!"

팬들의 함성이 쏟아졌다. 현우가 깜짝 놀라 송지유를 쳐다보았다.

"지, 지유야?"

"여기 가만히 앉아서 나만 보고 있어요?"

송지유가 현우를 무대 중앙에 놓인 작은 의자에 앉혔다. 그런 다음에는 맞은편 그랜드 피아노로 걸어가 앉았다.

그와 동시에 무대 뒤편에서 특설 무대가 스르르 올라왔다. 서울 시립 오케스트라 관현악단들이었다.

"......!"

현우가 크게 놀랐다. 이건 현우도 몰랐던 일이었다. 현우의 시선이 자연스레 무대 아래 손태명에게로 향했다.

무대 아래 서 있던 손태명이 현우를 보며 픽 웃고 있었다. 김정우도, 최영진도 고석훈도, 아니, 모든 어울림 식구들이 현우를 보며 웃고 있었다.

"하하……."

허탈하면서도 웃음이 나왔다. 다들 현우를 감쪽같이 속이고 있었다. 현우가 다시 그랜드 피아노 앞에 앉아 있는 송지유를 쳐다보았다.

'속여서 미안해요.'

송지유가 입 모양으로 의사를 전달했다. 그러고는 천천히 피아노 연주를 시작했다. 송지유가 만든 곡인 '담아'였다.

그런데 앨범이나 음원으로 발매가 된 곡과는 많이 달랐다. 문득 당황하던 블루마운틴의 표정이 떠올랐다.

'제대로 속았구나.'

현우가 쓴웃음을 머금었다.

그사이 개나리색 조명이 오직 현우와 송지유만을 비추기

시작했다.

"……."

현우의 표정이 진지해졌다. 송지유의 따뜻한 시선이 오직 현우에게 향했다. 마침내 송지유가 분홍빛 입술을 열었다

처음 만난 그대 느낌은
어디선가 익숙했던 느낌
그대 눈빛은 나를 담아
나를 사랑에 빠지게 만들었어요
그대 곁을 떠났던
나를 비워내지 못하는
그대가 나는 미웠어요
나 역시 그대를 잊지 못하던
내가 미웠죠
하지만 이제 알 수 있어
그대 눈빛은 나를 담아
나를 사랑에 빠지게 만들었어요

노래를 마친 송지유가 현우를 향해 미소를 지어 보였다. 현우 역시 송지유를 보며 따뜻한 미소를 머금었다.

"……."

"······."

5만 명이 넘는 팬들도 조용히 숨을 죽였다. 서울 월드컵 경기장이 다시 고요해졌다.

조명이 현우와 송지유 두 사람만을 비추고 있을 뿐이었다. 이 수많은 사람들 가운데서 오직 현우와 송지유 두 사람만이 존재하는 것 같았다.

"······."

송지유의 보석 같은 눈동자 안엔 의자에 앉아 있는 현우가 담겨 있었다. 송지유가 그랜드 피아노에서 천천히 일어났다.

그러고는 현우에게 다가갔다. 작은 의자에 앉은 채로 현우가 송지유를 올려다보았다.

"매번 오빠를 올려다보기만 했었는데."

"…그랬나?"

현우는 그저 웃었다. 그러다 송지유가 조용히 입을 열었다.

"오빠, 우리 결혼해요."

"······!"

"나랑 결혼해 줄래요?"

송지유의 프러포즈에 현우가 두 눈을 크게 떴다.

전혀 예상하지 못한 상황에 5만여 명의 팬들도 그대로 굳어버렸다.

"오빠."

송지유가 다시 현우를 불렀다. 그러고는 환하게 미소를 지으며 말했다.

"요리 학원도 다닐게요."

"……."

현우가 멍한 표정을 했다.

"와아아!"

그리고 서울 월드컵 경기장으로 팬들의 환호와 웃음소리가 동시에 터져 나왔다.

*　　　*　　　*

"야옹~ 야옹~"

검은색 아기 고양이와 하얀색 아기 고양이가 연신 다리 사이를 왔다 갔다 비벼댔다. 반면 아기 고양이들의 열렬한 구애를 받고 있는 청년은 죽을 맛이었다.

벌써 세계 장사 소시지를 2개나 빼앗긴 상황이었다. 그런데도 배가 고픈지 아기 고양이들이 계속해서 애교를 부려댔다.

"저, 저기 말이야. 나 진짜 돈이 없어서 그러거든? 다, 다음에 오면 형이 또 사다 줄게. 아니, 오빠인가?"

청년이 머리를 긁적였다.

"야옹~ 야옹~"

"후우. 형이, 아니, 오빠로 하자. 오빠가 돈이 없어서 그래. 허우대는 멀쩡해도 사실 난 가난하거든."

"야옹~ 야옹~"

청년의 말을 알아들을 리가 없는 고양이들은 자비가 없었다. 계속해서 비벼대며 애교를 부렸다.

"뭐? 가난해도 얼굴이 잘생겼으니까 힘내라고? 고맙다. 오빠가 너희들을 자주 챙겨줘야 하는데, 일주일에 고작 한 번밖에 못 온다."

청년이 아기 고양이들 앞으로 쪼그리고 앉았다. 그리고 아기 고양이들의 머리를 천천히 쓰다듬었다. 기분이 좋은지 아기 고양이들이 청년의 손을 연신 할짝거렸다.

"……."

수려한 청년의 얼굴로 그늘이 졌다. 길에서 떠도는 고양이들이나 본인이나 처지가 비슷해 보였다.

"너희들도 다음 생애에는 집고양이로 태어나. 나도 다음 생애가 있다면 차라리 고양이로 태어나고 싶다. 예쁜 여자 주인 만나서 매일 부비부비 하고 말이지."

핑크빛 상상에 청년이 씩 웃었다.

"갈게. 내일 올 수 있으면 올게. 나쁜 사람들 많으니까 꼭꼭 숨어 있고. 오빠가 데뷔만 하면 너희들 다 입양한다."

"야? 너 또 여기 있었냐?"

뒤편에서 들려오는 목소리에 청년이 화들짝 놀라며 몸을 일으켰다. 청년의 앞으로 두 명의 또래 청년들이 다가왔다.

화려한 의상을 갖춰 입은 청년 한 명이 아기 고양이들을 내려다보며 얼굴을 구겼다.

"백댄서 새끼가 매번 방송국에 올 때마다 어딜 가나 했더니? 여기서 고양이 새끼들이랑 노닥거리고 있었네?"

"강우야, 그 시간에 연습을 해라. 노래 연습도 좀 하고, 춤 연습도 하고. 아니면 그만두고 어머니 가게나 돕든가. 언제까지 인생 허비할래?"

"……."

요 근래 데뷔를 해서 큰 인기를 끌고 있는 7인조 보이 그룹 '세븐 마린'의 두 멤버가 강우라는 이름의 청년을 비웃었다.

"늦지 않게 갈 생각이었어. 아직 생방까지 40분 정도 남은 걸로 아는데."

강우가 조용히 자신의 의견을 피력했다. 눈앞의 두 멤버가 헛웃음을 흘렸다.

"진지하게 목소리 깔고 그렇게 말하면 '예~ 알겠습니다'라고 할 거 같아? 강우야, 정신 좀 차려라. 넌 아무리 발악해도 우리처럼 데뷔 못 해. 춤이 되냐? 노래가 되냐? 믿을 건 얼굴 하난데, 너 말고도 잘생긴 애들은 많아."

"야야, 그만해라. 강우 울겠다."

"아니, 나는 현실적인 조언을 해주는 거야. 연예인은 아무나 하냐고. 너희 어머니 식당 하시잖아? 너 때문에 평생을 고생하시니까 나도 걱정이 된다."

"……."

강우의 주먹이 부들부들 떨렸다. 시종일관 유쾌하던 얼굴로 그늘이 졌다. 하지만 잠시뿐이었다. 강우의 표정이 다시 밝아졌다.

"그래. 내가 불효자인 건 누구나 다 아는 사실이고 어쨌든 조언 고맙다. 가자."

"가자? 안 갈 건데? 더러운 고양이 새끼들 손 좀 봐주고 가야지. 자꾸 울어대니까 신경 쓰이잖아?"

"그만해."

묵직한 저음이 울려 퍼졌다. 강우가 깊은 눈빛으로 '세븐 마린'의 두 멤버들을 똑바로 쳐다보았다.

"너희들이 날 까면서 웃고 떠들고 스트레스 푸는 건 참을 수 있어. 한때는 같이 연습을 했던 친구들이었으니까. 그런데 고양이는 아니잖아. 그러니까 그만해."

"뭐야? 간만에 얼굴값 하는 거야?

"얼굴값 하네, 우리 강우."

"……."

대답 없이 강우가 아기 고양이들의 앞을 가로막았다.

"야옹~ 야옹~"

이상한 분위기를 감지한 아기 고양이들도 연신 울어댔다. '세븐 마린'의 멤버 한 명이 벽에 세워져 있던 막대기를 들었다.

"악!"

막대기를 들었던 멤버 한 명이 뒤통수를 부여잡고는 비명을 질러댔다. 또르르. 바닥에 잘 포장된 소보로 빵 한 개가 나뒹굴었다.

"누구야?!"

남은 멤버 한 명이 급히 뒤를 돌아보았다.

"스트라이크~ 시구 연습을 또 여기서 하네?"

공개 홀 뒤편에서 청량한 목소리가 울려 퍼졌다. 순간 '세븐 마린'의 두 멤버가 두 눈을 크게 떴다.

"시, 신비?!"

두 멤버가 크게 놀라 그대로 굳어버렸다.

또각또각. 검은색 부츠가 정적에 휩싸인 바닥을 울렸다. 팔짱을 낀 채로 신비가 '세븐 마린' 멤버들 앞으로 우뚝 섰다.

"신비? 내가 그냥 신비야?"

"구, 국민 소녀! 신비!"

바닥에 널브러져 있던 멤버 한 명이 중얼거렸다. 신비가 두 눈을 찌푸렸다.

"국민 소녀 맞긴 한데, 내가 그냥 신비냐고."

"……"

"……"

오만하고 도도한 목소리에 '세븐 마린'의 멤버들이 할 말을 잃은 채 당황해했다.

눈앞의 소녀는 자신들과는 격이 다른 존재였다.

혁명적인 데뷔를 한 이후로 3년간 단 한 번도 탑의 자리에서 내려온 적이 없는 무적의 걸 그룹 '소녀혁명'의 센터. 세계적인 마블 시리즈의 여자 주인공, 그리고 아시아 최고의 기획사 어울림 엔터테인먼트의 간판스타.

"내가 그냥 신비냐고 물었는데."

"우, 우주 대스타 신비?"

남은 멤버 한 명이 귀신에 홀린 것처럼 말했다. 신비가 또 얼굴을 구겼다.

"뭐라는 거야? 거기 너, 말해봐. 내가 누구야?"

신비가 강우를 지목했다.

"신비 선배."

강우의 한마디에 세븐 마린의 멤버들이 얼어붙었다. 그리고 강우를 미친놈 쳐다보듯 쳐다보았다.

"딩동댕. 정답~"

신비가 강우를 쳐다보며 생긋 웃었다. '세븐 마린'의 멤버들이 억울하다는 표정으로 신비를 쳐다보았다.

신비가 그런 두 멤버들을 보며 입꼬리를 올렸다.

"너희들 말이야. 사람을 급으로 나눠서 구분 짓는 거 같은데, 너희들 그 잘난 잣대로 생각해 보면 내 입장에서는 너희들은 벌레보다 못한 존재들이야. 세븐 마린? 그딴 신인 그룹, 내가 알 게 뭐야?"

"……."

"……."

'세븐 마린'의 멤버들이 부끄러움에 얼굴을 숙였다. 신비가 강우를 슥 쳐다보았다.

"선배라고? 아주 좋았어, 후배님."

신비의 칭찬에 강우가 픽 웃어버렸다. 십 년 묵은 체증이 내려가는 것 같았다. 신비가 팔짱을 낀 채로 다시 고개를 돌렸다.

그리고 경멸 섞인 얼굴로 '세븐 마린'의 멤버들을 쳐다보았다.

"뭐 해? 너희가 내 급에 비빌 존재들이야? 빨리 사라져."

"신비 선배님. 죄, 죄송합니다! 저희가 실수를!"

"죄송합니다! 시정하겠습니다!"

"시정? 뭘 시정해? 여기가 군대야? 우리 삼촌들한테 부탁해서 너희 회사 지워 버리기 전에 그냥 꺼져."

신비의 날 선 한마디에 '세븐 마린'의 멤버들이 다급히 사라졌다.

'세, 세다. 뭐 저런 여자가 다 있지?'

강우가 황당한 얼굴로 신비를 쳐다보았다. TV나 할리우드 영화 속에서나 보던 대스타 신비가 성격파탄자일 줄은 미처 상상도 못 했다.

"고마워할 것 없어, 후배님."

"아, 네."

"아, 네? 됐고, 비켜줄래? 우리 야옹이들 밥 줘야 하니깐."

"어, 어?"

강우가 깜짝 놀라 신비를 쳐다보았다. 그러거나 말거나 신비가 아기 고양이들 앞에서 쪼그리고 앉았다.

"우리 현우랑 지유 잘 있었어요?"

"……?!"

강우는 두 귀를 의심했다.

현우와 지유? 설마 어울림 엔터테인먼트의 수장인 그 사람과 전설적인 가수 송지유를 말하는 건가? 3년 전 결혼 발표와 함께 결혼을 한 두 사람은 현재 모든 활동을 중단하고 제주도에서 신혼 생활을 즐기고 있었다.

그런데 느닷없이 그 두 사람의 이름이 나와 버렸다. 그것도 뜬금없이.

'성격 파탄에 과대망상까지?'

강우가 안타까운 눈동자를 했다.

"배고팠지? 많이 기다렸어?"

그러거나 말거나 신비가 다정한 목소리로 아기 고양이들을 쓰다듬었다. 그리고 가죽 재킷에서 고양이 캔과 플라스틱 그릇을 꺼내 가지런히 놓아주었다.

"야옹~ 야옹~"

아기 고양이들이 정신없이 캔을 먹기 시작했다. 이미 강우는 뒷전이었다. 아기 고양이들은 강우는 쳐다보지도 않고 신비에게 착 달라붙어 있었다.

"……."

싸늘한 배신감에 강우는 허탈했다. 쪼그리고 앉아 있었던 신비가 일어나 강우를 정면으로 올려다보았다.

"……!"

강우가 헉, 하고 숨을 들이켰다. 조금 전에는 미처 몰랐는데, 가까이서 보니 정말로 사람이 아닌 것 같을 정도로 신비는 아름다웠다.

"후배님이었구나? 그동안 우리 현우랑 지유 간식 챙겨줬던 사람이."

"네… 뭐."

"고마운 일인데, 고양이들한테 사람 주는 음식 주는 거 아냐."

"아, 그래요?"

"아, 그래요, 가 아니고 그렇거든? 우리 현우랑 지유는 소중하니까 캔이나 사료를 줘."

왠지 울컥했다. 강우가 자기도 모르게 입을 열었다.

"돈이 없는데요. 그리고 고양이들이 그렇게 소중하면 신비 선배가 데려가면 되는 거 아닙니까?"

"……."

신비가 얼굴을 붉혔다. 그리고 그 모습에 강우가 깜짝 놀랐다. 바늘로 찔러도 피 한 방울 나오지 않을 것 같은 마녀 같은 여자가 울컥하는 모습을 보였다.

"나 사실은 고양이 털 알레르기가 있거든. 그래서 나는 못 데려가. 밥 줄 때도 약 먹고 주는 거란 말이야."

신비가 입술을 깨물며 시무룩해했다. 의외로 귀여운 면이 있었다. 강우가 작게 웃었다.

"봐요. 선배도 할 말 없죠? 나도 컵라면 사 먹을 돈으로 혀, 현우랑 지, 지유? 아무튼 얘네 밥 주는 겁니다. 근데 신비 선배, 그 입술 쪽에서 피 나는데요?"

"어, 어?"

신비가 당황해했다. 그러고는 황급히 핸드폰으로 얼굴을 살폈다. 그러고는 홱 강우를 노려보았다.

"이번 솔로 앨범 컨셉이 뱀파이어라서 그렇거든! 깜짝 놀랐잖아! 너 웃어? 후배 주제에 웃어?"

"아, 아뇨. 큭."

강우가 초인적인 인내심으로 웃음을 억눌렀다. 불만스러운 얼굴로 골똘히 생각에 잠겨 있던 신비가 짝, 박수를 쳤다.

"좋은 생각이 났어, 후배님."

"말해보세요, 선배."

"우리 현우랑 지유, 후배님이 데려가자."

신비의 눈동자가 초롱초롱해졌다.

"네? 제가요?"

강우가 머리를 긁적였다. 사실 아기 고양이들을 데려가려는 생각을 가지고 있기는 했다. 문제는 경제적인 문제였다.

"왜? 안 돼?"

"그, 그게 아니라. 제, 제가 그럴 만한 여건이……."

"그건 걱정하지 마. 내가 다 지원해 줄 테니까."

순간 강우의 얼굴이 밝아졌다.

"그럼 그렇게 하죠, 선배."

"좋아! 혼자 살아?"

"네, 뭐."

강우가 볼을 긁적였다. 확실히 혼자 살기는 했다.

"그럼 더 좋네!"

신비가 진심으로 기뻐했다. 그러다 신비가 고개를 갸웃거렸다.

"근데, 너, 어디서 본 서 같은데."

"……."

강우가 쓰게 웃기만 했다.

어울림 쪽 사람들이랑은 조금이나마 인연이 있었다. 사실 신비와도 어렸을 적에 한 번 본 적이 있긴 있었다. 물론 어깨 너머이긴 했지만 말이다.

"아무튼, 너 핸드폰 줘봐."

"저요?"

"응."

강우가 말없이 핸드폰을 건넸다. 신비가 강우의 핸드폰에 번호를 찍어주었다.

"고양이 용품이랑 필요한 것들은 주소 알려주면 보낼게. 그리고 우리 현우랑 지유 사진 꼬박꼬박 보내고, 잘 먹이고 재우고. 알았어?"

"네. 근데 계속 현우랑 지유로 불러야 합니까?"

"당연하지!"

"……."

확실히 제정신은 아닌 것 같았다.

때마침 어울림 매니저들이 우르르 등장을 했다. 신비를 발견한 백지윤 팀장이 금방이라도 울음을 터뜨릴 것 같은 표정을 했다.

"제, 제발! 말 좀 하고 다녀! 응?"

"뭘 그렇게 놀라? 현우랑 지유 밥 주는 거 지윤 언니도 알잖아."

"그, 그래도 갑자기 사라지는 통에 놀랐잖아!"

"하여간 언니는."

신비가 한숨을 내쉬었다. 그러고는 강우의 어깨를 두들겼다.

"대리 집사. 그럼 수고해."

"대리 집사라……."

강우가 작게 웃었다. 어울림 사람들에게로 향하려던 신비가 다시 고개를 돌렸다.

"대리 집사, 이름이 뭐야?"

"강우요. 서강우."

"서강우? 알았어. 내 이름은."

"알아요, 선배."

"응. 너, 연습생이지?"

"……."

강우가 쓸쓸한 얼굴로 고개를 끄덕거렸다.

연습생이 맞기는 했다. 노래와 춤에는 특별한 재능이 없는, 아무리 발버둥을 쳐봐도 엑스트라 그 이상 그 이하도 아닌 존재.

차가운 현실에 벌써 많은 친구들이 연습생 생활을 청산하고 사회로 돌아갔다. 회사를 떠날 때 친구들의 그 외로웠던 표정들을 강우는 아직도 기억하고 있었다.

하지만 강우는 아직 그 꿈을 포기하지 못하고 있었다. 그래서 한때는 같은 연습생이었던 동료들의 멸시와 무시도 참고, 견디고, 버티며 멈춰 서 있었다.

"…지 마."

"……?"

신비의 목소리에 강우가 고개를 들었다. 도도하고 오만한 표정의 신비는 없었다. 단지 20살. 같은 또래의 소녀 한 명이 서 있을 뿐이었다.

"포기하지 마. 네 꿈."

"……"

강우의 시선이 신비에게로 향했다.

혹자는 신비 같은 사람들을 보고 타고난 스타라고 했다. 어디서든 찬란한 빛을 내뿜는 스타로서의 운명을 가지고 태어난 사람들.

신비는 그들 중에서도 단연 가장 빛이 나는 별이었다. 가장 밝게 빛나는 별이 보잘것없는 티끌 같은 자신에게 포기하지 말라고 말을 하고 있었다.

"절대 포기하지 마."

"……"

강우는 차마 대답을 하지 못했다. 강우가 생각에 잠겨 있는 사이 신비와 어울림 사람들이 시야에서 사라져 갔다.

"……"

공개 홀 뒤편으로 적막이 감돌았다. 홀로 남아 있던 강우가 재킷 속에서 느껴지는 온기에 고개를 숙였다.

"야옹~ 야옹~"

아기 고양이들이 머리만 내민 채로 울고 있었다. 얼떨결에 현우와 지유라는 다소 황당한 이름을 가지게 된 아기 고양이들이었다.

"형아, 오빠, 힘내라고? 그래, 힘내자. 사실 오늘이 내 마지막 무대야. 그래서 그런가? 신비 선배도 만나고, 너희들도 데려가게 되고. 아주 슬픈 하루는 아닌 것 같다."

강우가 쓸쓸한 미소를 머금었다. 어쩌면 그동안의 노력을 알고 있던 신이 위로를 해주려고 신비라는 여자를 만나게 해준 것만 같았다.

그렇게 한참을 서 있던 강우가 자신만의 마지막 무대를 위해 걸음을 옮겼다.

『내 손끝의 탑스타』 완결

초대형 24시 만화방

신간 100%, 샤워실, 흡연실, 수면실(침대석), 커플석, 세탁기 완비

■ 광명 광명사거리역점 ■

경기도 광명시 오리로 986 광명사거리역 6번 출구 앞 5층
02) 2625-9940 (솔목타워 5층)

■ 강북 노원역점 ■

서울 노원구 상계동 340-6 노원역 1번 출구 앞 3층
02) 951-8324 (화용빌딩 3층)

■ 일산 정발산역점 ■

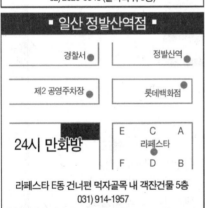

라페스타 E동 건너편 먹자골목 내 객잔건물 5층
031) 914-1957

■ 일산 화정역점 ■

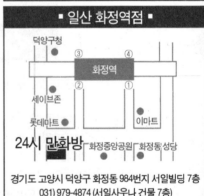

경기도 고양시 덕양구 화정동 984번지 서일빌딩 7층
031) 979-4874 (서일사우나 건물 7층)

■ 부천 역곡역점 ■

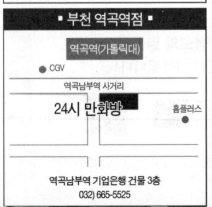

역곡남부역 기업은행 건물 3층
032) 665-5525

■ 부평역점 ■

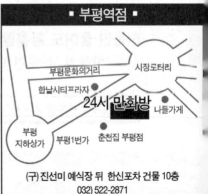

(구) 진선미 예식장 뒤 한신포차 건물 10층
032) 522-2871

기적의 환생

MIRACLE LIFE

박선우 장편소설

FUSION FANTASTIC STORY

"한 사람의 영웅은 국가를 발전시키기도,
타락시키기도 한다."

믿었던 가족들의 배신으로 모든 것을 잃은 최강철.
삶의 의미를 잃은 그는 결국 죽음을 선택하는데…….

삶의 끝자락에서 만난 악마 루시퍼!
그와의 거래로 기억을 가진 채 고등학생 시절로 되돌아간다.

다시 얻은 삶.
나는 이전의 비참했던 삶을 뒤로하고 황제가 되어
세상을 질주할 것이다!

Book Publishing CHUNGEORAM

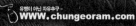

유행이 아닌 자유추구 –
WWW.chungeoram.com

FUSION FANTASTIC STORY

묘재 장편소설

7번째 환생

이 모든 것이 신의 장난은 아닐까.

영원한 안식이 아닌,
환생이라는 저주 아닌 저주 속에서 여섯 번째 삶이 끝났다.

"드디어 내 환생이 끝난 건가?"

그런데 뭔가, 지금까지와 다른데?

"멸망의 인도자 차우, 그대에게 신의 경고를 전하겠어요."

최치우, 새로운 7번째 삶이 시작된다

Book Publishing CHUNGEORAM

유행이 아닌 자유추구 -
WWW.chungeoram.com